イプセン編02

ちっちゃなエイヨルフ

目次

ちっちゃなエイヨルフ（三幕の劇）

登場人物

アルフレッド・アルメルス　地主で著述家、かつては臨時教師、三十七歳
リタ　その妻、三十歳
エイヨルフ　その息子、九歳
アスタ・アルメルス　アルフレッドの異母妹、二十五歳
ボルグハイム　土木技師、三十歳
鼠ばあさん

場　所

町から数キロの海岸に面したアルメルス邸

第一幕

（庭に面した居間
舞台にはソファと椅子とテーブル、旅行用のトランクなど。
陽差しの強い夏の朝。
リタがトランクの中のものを取り出している。
アスタ、大きな鞄を抱えて、入ってくる）

アスタ おはよう、リタ。

リタ あら、アスタ、久し振り。どうしたの、こんなに早く。

アスタ ちっちゃなエイヨルフとあなたに会いたいと思うと、たまらなくなって、朝一番の船に飛び乗ったの。

リタ ふーん。で、その船の中で誰かさんとバッタリってわけ。

アスタ そんなわけないじゃない。（トランクに目をやる）これ・・・？

リタ　わかんない？
アスタ　兄さん？
リタ　そう。
アスタ　戻ってるの？
リタ　ええ、昨夜の夜行で、いきなり。
アスタ　虫が知らせたんだ・・・だから。葉書とかは？
リタ　なし。着く一時間前に、電報が一通、「そちらへ向かう」。（笑う）らしいでしょ。
アスタ　ほんと、らしいわね。
リタ　でもその分うれしかった。
アスタ　そりゃ、そうよね。
リタ　だって、思ってたより、まる二週間も早かったんだもの。
アスタ　元気？　具合は？
リタ　ドアを開けて入ってきた時、見違えちゃった。
アスタ　疲れてなかった？

リタ　疲れてはいたと思う。歩きづめだったんだから。
アスタ　山って空気が冷たいし。
リタ　大丈夫。咳とかも全然。
アスタ　結果としては、大正解ね、お医者さんの言う通りにして。
リタ　結果としてはね。でもとっても辛かった。あなたはちっとも来てくれないし。
アスタ　ごめんなさい。
リタ　責めてるわけじゃない。学校の仕事があるし（にっこりして）それに、技師の先生は、道路のお仕事で出張中。
アスタ　やめてよ。
リタ　わかった、もう言わない。でもわたしは寂しかった。寂しくて、気が変になっちゃうかと思った。
アスタ　ほんの六週間でしょう。
リタ　ほんのじゃない。時計が止まっているかと思った。だって、考えてみて、ずっと一緒だったの。この十年間、ぴたーとくっついていて離れたことはなかったの。
アスタ　だからこそ、一息入れる必要があったんじゃない。
リタ　言うは易しよ。頭ではわかっているの。でも、出来ない。ちょっとでも手離すと、二度と戻っては来ない。そんな気がした。わかってはもらえないでしょうね。
アスタ　そうね。わたしにはなくして困る人がいないから。
リタ　そうかしら。
アスタ　思い当たらないわ。（話を変えて）まだ寝てる？
リタ　いつもどおり。
アスタ　じゃ、もう起きてるんだ。
リタ　一時間以上もエイヨルフと部屋にこもってる。
アスタ　さっそくお勉強、かわいそうに。
リタ　それがあの人のやり方。
アスタ　よくない。あんなちっちゃな子を勉強漬けにするなんて。言わなくちゃ。
リタ　（少し苛立って）そんなの無理。とっても言えない。それにエイヨルフに何をさせればいいって言うの。あの子、ほかの子みたいに跳んだり、跳ねたりは出来ないのよ。

アスタ　話してくる。

リタ　どうぞ。ほら、来たわ、ご当人が。

（アルフレッド・アルメルスがエイヨルフの手をひいて現れる。エイヨルフはミリタリーな服装で、松葉杖をついている。すでに人生に傷つき疲れ果てた、傷痍軍人といったところか）

アルメルス　アスタ、アスタじゃないか！　来てたのか。こんなにすぐに会えるなんて！

アスタ　お帰りなさい。

アルメルス　うれしいな、ほんとに。

リタ　どう？

アスタ　とってもいい。目がきらきらしてる。旅ではかどったのね。（叫ぶ）完成した、あの本！

アルメルス 本ね・・・

アスタ わかってたの。一人になれば、一気に書き上がるって。

アルメルス そう、思っていた。でもそうじゃなかった。実際は一行も。

アスタ 一行も！

アルメルス 書かなかった。

リタ 原稿、持っていったまんまなの。

アスタ 何してたの？

アルメルス ひたすら、歩き、考えてた。

リタ （夫の肩に腕をかけ）家で待っている者のこともちっとは考えた？

アルメルス そりゃ、考えたね。しっかり、たっぷり。

リタ （腕を離し）よろしい。

アスタ でも本のほうはまるっきりなんでしょう。わかんないな、どうしてそんなにご機嫌なのか。だって、いつもだったらそんなわけないじゃない。

アルメルス 確かに。今までが間違ってた。わかったんだ。考えることこそ、肝心で、書くことは、なんてことはない。
アスタ　（興奮して）何てことはないですって！
リタ　（笑う）どうしちゃったの、あなた。
エイヨルフ　そんなことない。お父さんの書くものはいつだって一番。
アルメルス　お前がそう言うなら、きっとそうだ。でも、すぐに誰かが追い越す。
エイヨルフ　それは誰？　ねえ、教えて？
アルメルス　今にわかる。しばしのお待ちを。
エイヨルフ　そうしたら、どうするの、お父さん？
アルメルス　（真面目に）また山へ。
リタ　わたしは嫌。
アルメルス　荒野に。
エイヨルフ　じゃ、僕も行く。ねえ、一緒に行けるよね。
アルメルス　（辛い）そうだね。
エイヨルフ　絶対に行く。
アスタ　（話題を変える）エイヨルフ、かっこいいじゃない。

エイヨルフ　いいでしょう、叔母さん。
アスタ　それ、お父さんのため？
エイヨルフ　うん、お母さんに頼んだの。
アルメルス　（小声でリタに）こんな服、よくないよ。
リタ　（小声で）言い出したら聞かないんだもの。
エイヨルフ　それに、サーベル、買ってもらったの、ボルグハイムさんに。使い方だって教わった。
アルメルス　勇ましいね。
エイヨルフ　泳ぐのだって教えてもらう。
アルメルス　泳ぎね。どうしてだい？
エイヨルフ　みんな泳げるんだよ。僕だって泳ぎたいよ。
アルメルス　（感動して抱きしめる）そうか。よし、なんだってやればいい。ほかにやりたいことは？
エイヨルフ　僕が一番やりたいこと、教えてあげようか。
アルメルス　何だい、言ってごらん。

エイヨルフ　兵隊。そのための準備をしておきたいの。
アルメルス　他にもっといいものがあるんじゃないかな。
エイヨルフ　どうしてもなるの、兵隊に。わかった？　お父さん。
アルメルス　（両手を握りしめ）わかった。これからのことは、一緒にじっくり考えよう。
アスタ　エイヨルフ、こっちに来なさいよ。お話してあげる。
エイヨルフ　お話って、何？
アスタ　鼠ばあさんに会ったの。
エイヨルフ　鼠ばあさん、ウソだあ。
アスタ　それがいるのよ。びっくり。昨日会ったんだから。
エイヨルフ　どこでさ。
アスタ　道で。町のはずれの。
アルメルス　そういえば、どこかの田舎で見かけたなあ。
リタ　（ソファに座る）エイヨルフ、じゃ、わたしたちもそのうち会うね。
エイヨルフ　鼠ばあさんなんて、おかしいよ。

アスタ　いろんなところに出かけて行って、ネズミたちを根こそぎやっつける、だからみんなそう呼ぶの。

アルメルス　狼夫人とも呼ばれている。

エイヨルフ　それなら、知ってるよ。そのお婆さん、夜は狼になって、人を食べるんだ。そうでしょう、お父さん。

アルメルス　それはどうかな。エイヨルフ、ちょっと庭に出てみたらどうだろう。

エイヨルフ　本を持って。

アルメルス　いや、これからは本はなし。浜辺に出て、みんなと遊ぶ。

エイヨルフ　行きたくないよ、お父さん。

アルメルス　どうして?

エイヨルフ　ほら、僕、この服でしょう。

アルメルス　からかうのか?

エイヨルフ　そんなことをしたら、ぶってやる!

アルメルス　よし、そうしてやれ!

エイヨルフ　あいつら、言うんだ、僕は兵隊になれないって。それからもっとひどいことも。
アルメルス　（怒りを抑えて）ひどいことだって。
エイヨルフ　あいつらはうらやましいんだ。貧乏で靴だって持ってない。でも僕はいっぱい！
アルメルス　（金ぴかのエイヨルフの服を見る）仲間外れにされているんだ。だから余計こんな服を。
リタ　（宥める）まあ、まあ。
アルメルス　畜生、誰がここで偉いか思い知らせてやる。
アスタ　誰か来たみたい。
エイヨルフ　ボルグハイムさんだ。
リタ　どうぞ！

（鼠ばあさんが入ってくる）

エイヨルフ　（アスタにつかまって、小声で）叔母さん、この人だ！

鼠ばあさん　こちらには、迷惑をかける困りものはおりませんか？
アルメルス　家にはいない。
鼠ばあさん　おりましたら、わたしが取り除いてご覧にいれます。
リタ　そういうのは、ここにはいないわ。
鼠ばあさん　それは残念。ちょうど、こちらに来たものですから。今度いつ伺えるかはわかりません。ああ、くたびれた。
アルメルス　ぐったりってわけか。
鼠ばあさん　ぐったりってほどでも。みんながのけ者にする、ちっちゃな嫌われ者に、ちゃんとした居場所を与えてやる。それだけのことなんですが、これがなかなか骨の折れる仕事で。
リタ　少し、休んでいきなさいよ。
鼠ばあさん　こりゃどうも。ゆんべは、夜通しでやっていました。
アルメルス　ずいぶんと繁盛だな。
鼠ばあさん　あっちの島でもこっちの島でも引っ張りだこ。思案の末に、思いあまって、みなさん、このわたしを頼りになさるんです。誰だって酸っぱいリンゴは嫌ですよ。でもね、どうしてもそれをかじらなきゃならない時だってある。（エイヨルフを見て）酸っぱいリンゴなんです。酸っぱいリンゴ。
エイヨルフ　（思わず、おそるおそる）どうして？
鼠ばあさん　何がですか？
エイヨルフ　食べるのさ。
鼠ばあさん　食べるものがね、ないんです。鼠がうじゃうじゃ。そいつらが、手当たり次第に、カリカリポリポリ。
リタ　そんなことになったら、大変ね。
鼠ばあさん　大変なんてもんじゃないですよ。いたるところでうろうろ、ちょろちょろ。ベッドに潜り込んで一晩中ごそごそ、牛乳桶に飛び込む、床の上を駆けまわる。一時も心が休まらない。
エイヨルフ　叔母さん、僕、絶対にそんなとこ嫌！
鼠ばあさん　わたしたちは行ったんです・・・連れと一緒に。それで一匹残らず、連れて行っちゃった。可愛くてちっちゃな余計者を、始末したんです。
エイヨルフ　（叫ぶ）お父さん、見て、見てよ。

リタ　どうしたの？
アルメルス　どうした？
エイヨルフ　（袋の中を指さす）何かいる！
リタ　追い出して。たった今、すぐに！
鼠ばあさん　（笑う）お美しい奥様、そんなに大騒ぎなさることはないですよ。なんの怖いところもございません。
アルメルス　そこに何が入っているんだ？
鼠ばあさん　ただの犬っころ。（袋の口をあける）暗い所から出ておいで、わたしの可愛い子ちゃん。（ぺしゃんこの黒い鼻をした小さな犬が袋から顔を出す。エイヨルフを招く）大丈夫、こっちにいらっしゃいな。ちっちゃな、傷ついた、かわいそうな兵隊さん。こっちへ来て、戦友にご挨拶を。
エイヨルフ　（アスタにしがみつく）嫌だ、僕あんな奴知らない。
鼠ばあさん　そんなことを言わないで下さいな、おぼっちゃま。こいつ、こう見えて、気が小さくて、さびしんぼなんです。
エイヨルフ　（おっかなびっくり）そいつが！

鼠ばあさん　ええ、そうなんです。だから仲良くしてやって下さいな。
エイヨルフ　（息をひそめ、犬から目を離さない）変な顔。お前、変な奴だ。カタワもの。（笑う）
鼠ばあさん　（袋をしめ、中に入れる）ほら、怖がって、ガタガタ震えてる。
エイヨルフ　（思わずひかれて）もう少し、出しておいてよ。（袋をなでる）ごめんね、ごめんね。
鼠ばあさん　（優しく）こいつはね、疲れているんですよ。くたくたで、ぐったり。（アルメルスに）ぐるぐるぐるぐる・・・行進は大変なんでございます。
アルメルス　行進？
鼠ばあさん　鼠たちのながーい行進。
アルメルス　おびき出しをこいつがやるのか？
鼠ばあさん　はい。行進の始まりは、こいつとわたし、その二人。ちょろいもんです。まず、こいつの首に紐をかけます。それを引っ張って、家の周りをぐるりと三回。それを笛を吹きながらやるんです。すると連中、どうにも我慢がならなくなって、出てくる、出てくる。床の下から、屋根裏から、穴という穴から這い出して来るんです。ちぃっちゃくて可愛いやつがゾロゾロと。

エイヨルフ　こいつが、みんな噛み殺しちゃうの？

鼠ばあさん　とんでもない！　行進は桟橋の方へと降りていく。すると、ぞろぞろと、みんな着いてくる。親鼠も子ネズミも、赤ちゃんネズミだってね。

エイヨルフ　（緊張して）それから、どうするの？

鼠ばあさん　ボートに乗り込みます。オールを漕いで、岸から離れる。そこで、笛を吹く。するとこいつがドボン。（目がギラギラしてくる）するとみんなもドボン。ボートは沖へ。こいつも沖へ。その後を追って、チョロチョロ群れをなして、連中も追いかけてくる。どうしたって、そうせずにはいられないんです。

エイヨルフ　どうして？

鼠ばあさん　連中、水が死ぬほど恐いんです。だからだと思いますよ。きっと、恐いところに吸い寄せられるんです。

エイヨルフ　それでみんな溺れちゃうの？

鼠ばあさん　一匹残らず。（声を落して）するとねえ、そりゃあみんな、これ以上ないってくらい気持ちよくなって眠るんです。真っ暗で静かで、誰ももう追っかけてきたり、邪険にしたりはない。やっと自分たちの居場所が見つかった。前からここに来たかったんだって思って、安心して、眠りにつくんです。（立ち上がる）昔は、こんな犬っころなんかあてにしなかった。一人でやったものです。

エイヨルフ　何をやったの？

鼠ばあさん　相手はね、人間だったね。

エイヨルフ　ネズミじゃないの？

鼠ばあさん　違うね。わたしのとびっきりのお気に入り。あんたみたいに食べちゃいたいほど可愛かった。ちっちゃな色男さん。

エイヨルフ　その人、今、どうしてるの？

鼠ばあさん　（乱暴に）きっと鼠と一緒に、海の底で眠ってるね。（再び優しく）さて、仕事に戻らなくちゃ。もうひと踏ん張り。（リタに）本当に、ご用はございませんでしょうか？　あればすぐにでも片づけて差し上げますよ。

リタ　ええ、大丈夫、そんな心配はいらないわ。

鼠ばあさん　はいはい、お美しい奥様・・・これぱっかりはおわかりになってい
ない・・・でも、万一、うろうろ、ちょろちょろ目障りな邪魔者がいたら、
いつでもおっしゃってくださいな。すぐに、参上いたします。それではご機
嫌よろしゅう。（出ていく）

エイヨルフ　（小声で、アスタに勝ち誇り）ねえ、叔母さん、僕だって鼠ばあさ
ん、見たよ！

（リタ、ベランダに出て、ハンカチで扇ぐ。
エイヨルフは、そっと出ていく）

アルメルス　（ソファの傍のテーブルから鞄を取る）アスタ、これ、お前の？

アスタ　ええ、古い手紙が入ってるの

アルメルス　家族のだね。

アスタ　留守の間に整理しておいてくれって言ったでしょう。

アルメルス　（彼女の頭を叩く）それでやってくれたんだ。

アスタ　半分はここ、残りは家に持っていった。
アルメルス　ありがとう。で、何か気になることあった？
アスタ　（軽く）そりゃね、何かあるものよ。（声を落とし、真面目に）ここにあるのは、わたしのお母さんの。
アルメルス　だったら大事に取っとかなきゃ。
アスタ　（努めて）あなたにもね、目を通してほしいの。いつかで、いいけど。今日じゃなくて、鞄の鍵もないし。
アルメルス　俺はいい。お前のお母さんの手紙だ。
アスタ　（彼をじっと見つめる）じゃ、いつか・・・いずれ、静かな浜辺で、夕暮れを眺めながら、話してあげる。
アルメルス　それがいい。でもこれはそっちに。お母さんの思い出になるものなんて、そんなにはないんだから。

（鞄をアスタに。彼女はそれを椅子の上のコートの上に。
リタが戻る）

リタ　ああ気持ち悪い。あのお婆さん、墓場から出てきたみたい。
アルメルス　確かに、そんな感じだった。
リタ　あのお婆さんがいる間、ずっと嫌な気分だった。
アルメルス　でも婆さんが言ってた、吸い寄せられるって感じはわかるな。山とか荒野とかには、強く引っ張られる場所があるんだ。不気味で恐い場所ほど、その力が強い。
アスタ　一体、何があったの?
アルメルス　(にっこりして) さて、何だろう。
アスタ　確かに何かがあったのね。どこか違ってる。リタだってそう思ってる。
リタ　帰ってきた途端、そう思った。でも、それっていいことよね。
アルメルス　そのつもり。
リタ　ねえ、何があったのよ。言いなさいよ。
アルメルス　別にとりたてて何もない。少なくとも表面上は。でも・・・
リタ　でも、どうしたの?
アルメルス　中ではいろいろとね。

リタ　中ではいろいろと？
アルメルス　大丈夫、リタ、いいふうにだ、安心していい。
リタ　何もかも話しなさい、いますぐ。
アルメルス　よし、わかった。じゃ、試してみよう。座ってくれ。

（アルメルス、リタは並んで。
アスタは椅子をずらして、アルメルスの傍に）

リタ　それで・・・？
アルメルス　（前をじっと見つめて）思い起こしてみると、この十年・・・何だか夢みたいな気がするんだ。お前もそう思わないか、アスタ？
アスタ　そう思うわ、いろんな意味で。
アルメルス　（続けて）昔のことを考えると、よけいそう思う。俺とアスタは、明日をも知れぬ哀れな孤児だった。
リタ　そんなの、ずっと昔のことでしょ。

アルメルス　（構わず続ける）それが今、こうやって、やりたいことを思う存分やり、何不自由なく暮らしてる。なんて恵まれた、幸せ者だ。これもみんな、リタ、お前のお陰だ。

リタ　（半ば笑い、半ば怒って、アルメルスの手を叩く）やめなさい！

アルメルス　これは前置き。

リタ　そんなのすっとばして。

アルメルス　リタ——山へ行ったのは医者に言われたからじゃない。

アスタ　違うの？

リタ　じゃ、どうして？

アルメルス　じっと、机の前に座っていられなくなった。

リタ　どういうこと？　誰かあなたの仕事の邪魔をした？

アルメルス　誰も。問題は外にあるんじゃなくて、心の中だ。中では嵐が吹き荒れてた。何か違うんじゃないか。どこか間違ってる。でもそれが何なのかはわからない。

アスタ　机の前に座って、本を書いていたんじゃないの。

アルメルス　書くなんてことよりも、もっと肝心な大事なことがあるんじゃないか。こんなの、無駄に自分を空費しているだけだ。もっと別なやるべきことがきっとある。

リタ　仕事をしてると思ったら、そんなことを考えてたの。

アルメルス　まあね、そういうことをね。

リタ　だからなの。しょっちゅうイライラして、不機嫌になったり、周りに当たったり。言わなかったけど、あなた、ひどかった。

アルメルス　(前方を見つめ) 机に向って、来る日も来る日も書いてた。何日も徹夜をして、あの膨大な「人間の責任」を書いてた。

アスタ　あれは兄さん、生涯をかけたお仕事でしょう。

リタ　そうよ、いつもそう言ってた。

アルメルス　そう思っていた。若いころからずっと。(リタに愛情のこもった視線を向ける) お前のお陰だ。愛するリタ。それが出来るようにしてくれた。

リタ　やめなさいよ、その話は。

アルメルス　(にっこりと笑いかける) 黄金の山と、緑の森、お前はその王国のお姫様で、俺を迎え入れてくれた。

リタ　ああ、馬鹿馬鹿しい。やめないと、本気でぶつわよ。

アスタ　本のことはどうなるの?

アルメルス　大事だったものが色褪せて、別のものが心を占めていった。

リタ　(顔を輝かせ、手を取る) それはなに?

アルメルス　エイヨルフ!

リタ　(拍子抜けし、手を離す) なんだ、エイヨルフ!

アルメルス　あのちっちゃな可哀そうなエイヨルフが、どんどんと心の中に入り込んでくるんだ。テーブルから落ちて、もう元の体には戻らない、それがはっきりとしてから。

リタ　でも、あなたはやるべきことはやったわ。

アルメルス　義務としてね。でも本当にやるべきことはやってこなかった。

リタ　どういうこと?

アルメルス　出来る限りのことをやるということだ。父親として、あの子の中へ入って行き、一緒にあの子の不幸を生きる。あの子の人生を明るく、楽しいものにしてやる。

リタ　でもあの子、そんなに深刻じゃないわ。それなりに楽しくやってるわよ。

アスタ　そんなことないわ、リタ。

アルメルス　そうだ、あの子はとっても追い詰められている。

リタ　これ以上、何をしてやれるって言うのよ。

アルメルス　あの幼い魂に秘められたありとあらゆる可能性に、光を投げかけてやりたい。あの子の中には蕾がいっぱい潜んでいる。それを一つずつ大事に育てて、花開かせてやりたい。（ますます熱く）きっとやってやる。あの子の望むこと。いや、それ以上のことをやってやる。あの子は今、すべての扉が閉ざされた部屋にいる。このまま放っておけば、あの子の体もこころも駄目になってしまう。そんなことにはさせない。生きていてよかったと思うこと。この世に存在する幸せ、誇りを持って生きていける、そう思える居場所を、あの子のために作り出してやる。

（アルメルス、興奮して、部屋を何度も行き来する。

（アスタとリタがそれを眼で追う）

リタ　そういうことって、じっくりと取りかからないとね。

アルメルス　エイヨルフこそが、人生の仕事なんだ。そしてあの子が俺の思いを継いでくれる。まあ、そうならなくても構わないけど。きっとあの子は自分のやるべきことを見つけるだろうから。とにかく、本はやめることにしたんだ。

リタ　でもあなた——エイヨルフと本、その両方をちゃんとやればいいじゃない。

アルメルス　そんなことは出来ない。自分を二つに分けることなんて出来っこない。まずエイヨルフ。エイヨルフこそが最優先課題。他のものは、すべて道を譲る。言っただろう。エイヨルフこそが、これからの生涯の仕事だって。

アスタ　（アルメルスに近づき）随分、苦しんだのね。

アルメルス　そりゃね、苦しんださ。家にいたんじゃ、絶対に自分を説き伏せられなかった。

リタ　それで出かけたってわけ？

アルメルス （目を輝かせ） そうなんだ。山の中で自分と向き合う。孤独でなくちゃ駄目なんだ。もっと孤独になりたくて、高く深く、あてもなく歩いた。日の出の太陽が山の頂上を照らし出すのを眺めた。満点の星の下で眠った。何かを感じ、何かが少しわかったような気がした。自分も自然の一部だって思えた。そして降りてきたんだ、あの考えが。それを無理なく受け入れられた。

アスタ （痛ましく彼を眺めて） もう書かないの、「人間の責任」の本は。

アルメルス 書かない。言ったじゃないか、自分を二つには出来ないって。「人間の責任」は書くんじゃなくて、実行するんだ。

リタ （微笑して） 山ではそのつもりでも、この家では、どうかしら。ちょっと難しいんじゃない。

アルメルス （手を取って） お前が一緒なら。（もう一方の手を取り） それから、お前も。

リタ （手を引っ込め） 二人となの。なんだ、出来るんじゃない、あなた。ちゃんと自分を二つに分けることが。

アルメルス　リタ、そういうことじゃ——

（リタは離れて、庭の戸口に。
ノックの音。ボルグハイムが入ってくる）

ボルグハイム　おはようございます、奥さん！（アルメルスを見て）これは驚き、お帰りだったとは！

アルメルス　（握手）昨夜ね。

リタ　（陽気に）それがお許しの出る、ぎりぎり。

アルメルス　何を言うんだ、リタ。

リタ　そうなの、この人の外出許可は切れてしまったの。

ボルグハイム　しっかりと手綱を握って離さない。

リタ　わたしは自分の権利を行使しているだけ。けじめってあるでしょう。何事も、始まりがあれば、終わりがある。

ボルグハイム　何事もというのは、どうでしょう。僕はそう思いたくはないですね。おはよう、アスタさん。
アスタ　（避けて）おはよう。
リタ　終わりがないってわけ。
ボルグハイム　ええ、この世に一つくらいは、そんなものもあっていいんじゃないかと。
リタ　それは愛——ってこと。
ボルグハイム　いいものは何だって、終わりがないほうがいいじゃないですか。
リタ　そう考えるのも悪くはない。希望が持てる。
アルメルス　（二人の方へやってくる）ここの工事ももうすぐ終わる。
ボルグハイム　終わりました、昨日。随分とかかったけれど、やっと終わりました。
リタ　それでウキウキしてるのね。
ボルグハイム　まあ、そうですね。
リタ　聞きたいことがあるんだけど。
ボルグハイム　何でしょう。

リタ　それっていいことなの。
ボルグハイム　どういうことですか？
リタ　だって、これからは今までみたいには来られない。
ボルグハイム　ああ、そういうことか。確かにそうです。
リタ　それとも、時間を見つけて、こちらにはやって来て下さるの。
ボルグハイム　残念ながら、当分はだめですね。
アルメルス　どうして？
ボルグハイム　実は、大きな仕事が舞い込んで、それにすぐにとりかかるんです。
アルメルス　いや、それは、よかった。
リタ　おめでとう、ボルグハイムさん。
ボルグハイム　しっ、——まだ言っちゃいけないことなんです。でも聞いてほしい。大変な仕事なんです。山をいくつも越えて行く、大工事。信じられないような困難がいくつもいくつも待ち受けている。（叫ぶ）なんて素晴しいだろう。僕は自分の仕事がこの世で最高だと思っているんです。
リタ　（微笑を浮かべ、からかうように）で、頭の中は、その工事のことだけでいっぱいってわけ。

ボルグハイム　それだけじゃないです。僕の中では、明るく輝かしい未来が果てしなく広がっているんです。

リタ　ということは、別の大事なこともあるんだ。

ボルグハイム　（アスタを見る）あるいは。いいことって、やって来始めると、春の洪水みたいにどっと押し寄せてくる。（アスタに向かって）アスタさん、その辺をいつもみたいに少し歩きませんか？

アスタ　いいえ、今は駄目。今日はね。

ボルグハイム　いいじゃないですか。ほんの少し歩くだけです。出かける前にどうしてもお話ししておきたいことがあるんです。

リタ　ここでは言えないことなのね。

ボルグハイム　そういうこともありますね。

リタ　じゃ、こっそりと耳打ちしてみることね。（アスタに小声で）行ってあげなさいよ。

アスタ　だって・・・

ボルグハイム　お願いします。もしかしたらこれが、最後の散歩になるかもしれない。少なくとも当分は、お会いできない。

アスタ　(帽子とパラソルを取る)　わかりました。じゃ、でかけましょう。

ボルグハイム　ああ、ありがとう、ありがとう。

アルメルス　それから、エイヨルフのことも、頼めるかな。

ボルグハイム　そうだ、エイヨルフ、どこにいるんです。あの子に渡すものがあるんです。

アルメルス　下で遊んでいるんじゃないかな。

ボルグハイム　本当？　外、そりゃ、いい。これまではいつも部屋で本ばかり読んでいた。

アルメルス　それはやめにした。これからはどんどん外で遊ばせる。

ボルグハイム　実にいい。外の空気が体にいいんです。それに子どもにとって遊びくらい大事なことはない。僕は人生そのものが遊びだって考えなんです。さあ、行きましょう、アスタさん。

（ボルグハイムとアスタ、外へ）

アルメルス　ねえ、リタ、あの二人、どうなっているんだ？

リタ　さあ、どうなのかしら。以前は、そうじゃないかって思っていたの。でも最近は、アスタのことがわからなくて。

アルメルス　俺がいない間にってこと。

リタ　ええ、ここ二、三週間ぐらいのことだと思うけど。

アルメルス　アスタは、彼のことをもう思ってはないのか。

リタ　少なくとも、どうしてもっていう感じじゃない。思い迷ってる。身を引きたがっているようにも見える。（うかがう）もしアスタがそうなら、あなたはどう？

アルメルス　どうと言われても。アスタがそうなら、仕方がない。気にはなるがね。

リタ　どう気になるの？

アルメルス　アスタには幸せになってほしい。兄として、それを見守る責任がある。

リタ　兄としての責任。いつもそれね。あの子、もう子供じゃないんだから、自分のことは自分でやるわよ。

アルメルス　そうあって欲しいとは思っている。

リタ　ボルグハイムさんは申し分ないと思っているの。

アルメルス　俺だって、そう思ってるさ。そうでないなんて一言も言ってない。でもね・・・

リタ　（続ける）あの人と一緒になってくれたら、とっても嬉しいな。

アルメルス　（不快になって）自分のために。

リタ　そりゃそうよ。そうなれば、アスタはずっと遠くへ行くことになる。そうすれば、今みたいに、しょっちゅうここには来なくなる。

アルメルス　（びっくりして彼女を眺める）何だって。お前、アスタを邪魔にするのか。

リタ　ええ、邪魔なの。いなくなって欲しいの。

アルメルス　何てことを言うんだ。

リタ　（首に抱きつく）だって、そうならないと、あなたを独り占めに出来ないんだもの！　あなたを、わたしだけのものにしたいの。そうでないと我慢できない。（発作的にどっと泣く）ああ、アルフレッド、アルフレッド――わたし、あなたを離さない！

アルメルス　（優しく体を離す）ねえ、リタ、お願いだから、しっかりしてくれよ。

リタ　しっかりなんかしない。我慢もしない。そんなの嫌、うんざり。わたしはあなたが欲しいの。欲しくて欲しくてたまらない。（再び抱きつく）世界中であなただけ、あなただけなの。

アルメルス　お願いだ、離してくれ。息が詰まるじゃないか。

リタ　（離す）詰まらせてやるう！　（キラキラした目で眺める）わたしがどんなにあなたを憎んだか、それをわからせてあげられればねえ。

アルメルス　憎んだ？

リタ　部屋に閉じこもって、全然出てこない。（訴えるように）わたし、あなたの仕事が憎くてたまらなかった。

アルメルス　その仕事はやめることにした。

リタ　（刺すような笑い）そうね、やめたのね、書くのは。でも、今はもっと厄介なことにとりかかった。

アルメルス　（かっとなって）もっと厄介！　お前、自分の子供を厄介だって言うのか。

リタ　（激しく）ええ、そうよ。あの子がわたしたちの間に入り込んでくる限り、そう言うわ。それに子供は生きてる。だから仕事よりも、もっと厄介。（一層激しく）でも、誰にだって、何にだってわたしは道を譲りたくはない。アルフレッド、覚えておいて。わたしは決して我慢しない。

アルメルス　（彼女をじっと見つめ、静かに）時々、お前が恐くなる。

リタ　（暗く）わたしも時々、自分が恐くなる。だから、出来るだけ、その悪魔をそっとしておいて欲しいの。

アルメルス　そんなこと――するわけがない。

リタ　するわ。あなたはわたしたちの一番神聖なものを、踏みにじる。

アルメルス　（強調して）自分が何を言っているのか、考えろ。お前の子供だ。

俺たちのたった一人の子供だ。

リタ 子供は半分しか自分のものじゃない。（叫ぶ）でも、あなたは全部わたしのもの。わたしだけのもの！ わたしにはそれを要求する権利がある。

アルメルス （肩をすくめ）そんな要求は意味がない。したくて、するんじゃなきゃ。

リタ ・・・もうしたくないってわけ。

アルメルス 全部を求められても応えられない。半分はエイヨルフに与える。

リタ じゃ、聞くけど、エイヨルフが生まれてなかったら、どう？

アルメルス （逃げるように）子供がいないときは、お前だけだった。

リタ （震える声で）じゃ、あんな子、産まなきゃよかった。

アルメルス （飛び上がって）なんてことをいうんだ！

リタ （興奮し、身を震わせて）とても辛くて痛かった。でも、あなたのために喜んで、それに耐えたの。

アルメルス （暖かく）わかってる。

リタ （きっぱり）でも、そんなことは昔のことよ。わたしは生きたいの。あなたと一緒に。すっぽりとあなたに包まれていたい。エイヨルフの母親ってだけじゃ嫌なの。とってもそれだけじゃ、やっていけない。はっきり言うわ。わたしはもう我慢しない。出来ないのよ。わたしがなりたいものはたった一つ。それはあなたのものなの。

アルメルス　そうなってるじゃないか。子はかすがい、夫婦の絆だ。

リタ　何それ。ああ、嫌だ。そういうのって反吐が出る。気持ちが悪い。それだけ。そんなのわたしには、何の意味も持たないの。子供は産める、女だから。でも、育てるのは向いてない。母親失格。それがわたしなの。

アルメルス　でもお前は、エイヨルフをあんなにも可愛がっていた。

リタ　あの子が可哀そうだったの。いつもほったらかし。やたら本を与えて、読むことを強制する。ちゃんと向きあって話すこともしやしない。

アルメルス　（静かにうなずく）あの頃は何にも見えてなかった。何が大事かもわかってなかった。

リタ　今じゃ、わかったってこと。

アルメルス　やっとね。やっとわかった。この世でやるべき一番大事なこと。それはエイヨルフの父親になることなんだ。

リタ で、わたしには何になって下さるの。

アルメルス （優しく）いつまでも愛するさ。深くて、心からの愛情で、お前を包む。

リタ （それを避ける）静かな愛情はいらないの。欲しいのは激しいの。最初の頃みたいなのが、欲しいの。（より激しく）もう絶対に、誰かの余り物や残りものでは満足しない。絶対に！

アルメルス （優しく）ここには三人分の幸せはたっぷりあると思うけど。

リタ （嘲るように）そんなの、つまらない。ねえ・・・

アルメルス 何だい？

リタ （目をかすかに輝かせ）昨夜、あなたからの電報を受け取った・・・

アルメルス どうした？

リタ 白い服を着た・・・

アルメルス 見たよ、家に入って来た時、白い服だった。

リタ 髪もほどいた・・・

アルメルス　たっぷりのつやつやした髪、いい匂いがした・・・
リタ　首筋から肩にかけて垂れさせた・・・
アルメルス　とっても奇麗だった。
リタ　ランプは二つともバラ色のシェードがかけてあった。二人だけ。家の中で起きているのは、わたしたち二人だけ。そしてテーブルの上には、シャンパンが載っていた。
アルメルス　・・・口をつけなかった。
リタ　（刺すように夫を見る）そう、その通り。（鋭く笑う）「汝、目の前のシャンパンに手も触れず」素通り、空振り。
（リタ、椅子から立ち上がり、ソファへ移動。そして、そこに半ば掛け、半ば寝そべる）
アルメルス　（妻に歩み寄る）いろんな考えで、頭の中がいっぱいだった。これからのことを話さなくちゃと思って、意気込んで帰って来た。特にエイヨルフのことを。

リタ　（微笑して）あなた、そうしたわ。

アルメルス　いや、そうは出来なかった。

リタ　どうして？

アルメルス　服を脱ぎ始めたから。

リタ　そうね、服を脱ぎ始めた。でもあなたは構わず、ずっとエイヨルフのことを話し続けた。わたしはベッドに裸で横たわり、あなたはちっちゃなエイヨルフのお腹の具合はどうかと尋ねたわ。覚えてる？

アルメルス　（詰るように）覚えてる。

リタ　さんざん話して、気が済むと、あなたは自分のベッドに潜り込み、朝までぐっすりと眠ったわ。そりゃ、ぐっすりとね。そして朝一番で起きると、さっそくエイヨルフの部屋へ。それから、あなたの妹が朝一番の船でやって来たというわけ。

アルメルス　（頭を振り）リタ、リタ・・・！

リタ　（長々と寝そべり、夫を見上げる）ねえ、アルフレッド？

アルメルス　何だ？
リタ　「汝、目の前のシャンパンに手も触れず」
アルメルス　（ほとんどつっけんどんに）ああ、触れなかった。
（アルメルス、妻から離れて、庭の戸口に立つ。
リタは、目を閉じ、しばらくじっとしている）
リタ　（不意に飛び起きる）一つだけ言っておくわ。
アルメルス　何を？
リタ　安心しないでね。
アルメルス　安心？
リタ　いい気になってると痛い目をみるわよ。
アルメルス　どういうことだ？
リタ　わたしがいつまでもあなたのものだとは限らないってこと。・・・これまでわたしは一度だってあなたを裏切ったことはない。心の中でだって、ほんの一瞬も。

アルメルス　そんなことはわかってるさ。

リタ　（目をギラギラさせ）でも、馬鹿にされたら黙ってない。

アルメルス　馬鹿になんかするわけないだろう。

リタ　これからはわからない。今までどおりってわけにはいかない。わたしの中からとんでもないものが飛び出してくる。もし——

アルメルス　もし——

リタ　もし、あなたがわたしのことをぞんざいに扱ったら。もう、前みたいにわたしのことを愛さなくなってしまったら。

アルメルス　でも、リタ・・・人間は時とともに変化するものだ。俺たち夫婦だってその例外ではない。

リタ　そんなの認めない。わたしたちは例外なの。永遠の例外なの。変化の法則なんて嫌。とっても我慢できない。わたしはあなたをずっとずっと独り占めしておきたいの。

アルメルス　嫉妬深い女神ってわけ。

リタ　わがままなお姫様よ。それがわたし。他のものにはなれない。そんなわたしを選んだんだから諦めて。（おどすように）もし、わたしを他の誰かと分け合ったら――

アルメルス　そうしたら――

リタ　復讐してやる！

アルメルス　復讐？

リタ　そう復讐。どうやるかはわからない。でも必ずやる。そうだ！

アルメルス　どうしたんだ。

リタ　投げ出すの。

アルメルス　投げ出す？

リタ　この身体を、投げ出す、最初に出会った男に。

アルメルス　（優しく彼女を見て、頭を振る）そんなことはやらない。お前は貞淑で、誇り高い、忠実な俺の妻だ。

リタ　（彼の首に腕を回し）何をするかわからないわよ、もしあなたが――わたしのことを放っておいたら。

アルメルス　そんなこと、あるわけないじゃないか。

リタ　（半ば笑い、彼を突き放す）あの人を引っかけることだって出来るのよ――あの道路工事の技師。

アルメルス　冗談言ってるのか。

リタ　どうして冗談だと思うわけ。

アルメルス　彼はもう別のにひっかかってる。

リタ　じゃ、余計いいじゃない。誰かさんから奪い取る。エイヨルフがわたしにしたのと、同じ。

アルメルス　何てことを言うんだ！

リタ　ほら、エイヨルフってちょっと言っただけで、そうやってすぐにいきり立つ。（脅すように拳を握り）わたしお願いごとしようかな。

アルメルス　どんな願いごと？

リタ　言わない。絶対に言わない。

アルメルス　（近づき）リタ、お願いだ、お前のためにも、俺のためにも、悪い誘惑に耳を貸さないでくれ。

（ボルグハイムとアスタが戻ってくる。
二人ともかなり感情を高ぶらせている）

ボルグハイム　アスタさんとの最後の散歩をしてきました。

リタ　（驚いて、彼を眺める）散歩の後は、長い旅行が待っているんじゃなかったの。

リタ　あなただけ。

ボルグハイム　ええ、僕はそうです。

リタ　（アルメルスを暗い目つきで見て）聞いた、アルフレッド？（ボルグハイムに）賭けてもいいけど、あなたは悪魔の目にやられたの。

ボルグハイム　ええ、僕だけです。

リタ　そう、悪魔の目。

ボルグハイム　奥さんは、そんなものを信じてらっしゃるんですか？

リタ　ええ、たった今からね。その目はね、子供が持っているの。

アルメルス　（怒ってささやく）リタ――何てことを！
リタ　（ひそめた声で強く）あなたよ、アルフレッド、わたしを醜い悪魔にするのは。

（遠く、下の水辺で入り乱れた叫び声が聞こえる）

ボルグハイム　（ガラス戸のほうへ）何だ、あの騒ぎは？
アスタ　みんな、桟橋の方へ走っていく。
アルフレッド　なんてこともない。どうせガキどもが騒いでいるんだ。
ボルグハイム　（手摺から乗り出して）おーい、何があったんだ？

（数人が同時にしゃべるので、はっきりしない）

リタ　なんて？
ボルグハイム　子供が溺れたって。

アルメルス　子供が溺れた？
アスタ　ちっちゃな子どもだって言ってるわ。
アルメルス　みんな泳げるはずだ。
リタ　（不安に包まれ）エイヨルフは！
アルメルス　落ち着いて。エイヨルフは庭で遊んでる。
アスタ　庭にはいなかったわ。
リタ　（両手をあげ）ああ、あの子ではありませんように！
ボルグハイム　（耳をすませて、下に向かって叫ぶ）どこの子だ？

（はっきりしない声が聞こえる。
ボルグハイムとアスタは、叫び声をあげ、庭を抜け、駆け降りる）

アルメルス　（不安の極）エイヨルフじゃない、エイヨルフじゃない！
リタ　（ヴェランダで耳をすまし）静かに。黙って。聞こえないじゃない！

（リタは切り裂くような叫び声をあげ、部屋に駆け込む）

アルメルス　なんて？

リタ　松葉杖が浮いてるって。

アルメルス　（卒倒せんばかり）違う！　断じてそんなことはない！

リタ　（かすれ声）エイヨルフ、エイヨルフ、助けて、助けて、お願い！

アルメルス　（半狂乱）助けてくれる。決まってる。間違いない。大事な命だ。大事な命だ。

（アルメルス、庭を抜けて駆け降りる）

第二幕

（アルフレッド邸の海岸の方に下った、森の中のちょっとした谷間。
丸太でつくったテーブルとベンチと椅子。
雨模様。
アルメルスはベンチに腰かけている。
アスタがやって来る。カサをさしている）

アスタ　（そっと気遣って近づく）随分、探した・・・ずっとここ・・・こんなところにいては、体によくない。戻りましょう。
アルメルス　・・・わけがわからない。何だって、あんなことが！
アスタ　可哀そうな、兄さん！
アルメルス　これが夢だったらなあ。きっと夢だよね。
アスタ　そうね。

アルメルス　それとも気が違ったんだろうか？　嘘だって言ってくれ、アスタ、お願いだ。

アスタ　何て夢なんでしょう。

アルメルス　あの海の色。どんよりとして重たくて、鉛みたいだ。時々、雨雲から光が差し込んで、薄っ気味悪く、黄色に光る。

アスタ　海ばっかり眺めてちゃいけないわ。

アルメルス　表面はああでも、底の方では、ものすごい勢いで潮が流れてる——

アスタ　そんなことばっかり考えないで・・・

アルメルス　あの子がほんのそのあたりに沈んでいると思ってるんだろう。そうじゃないんだ。潮は外へ外へと流れてる。・・・だからちっちゃなエイヨルフは水平線の彼方の方まで吸い寄せられていく。どんどんどんどん・・・

アスタ　兄さん、やめて、やめて頂戴！

アルメルス　計算してみろよ、お前は頭がいいんだ・・・二十八時間だ、いやもう二十九時間だ・・・だとすると、一体・・・

アスタ　（悲鳴を上げる）ああ！

アルメルス　これがどういうことか、わかるか?
アスタ　・・・
アルメルス　これは俺とリタの間に起こった出来事だ。ここには重大な意味が隠されている。
アスタ　重大な意味?
アルメルス　そうだ、重大な意味だ。命は運命に支配されていて、そこには摂理が働いている。そういったことと、この出来事は無関係じゃないということだ。
アスタ　そんなこと、誰にも、わからないことだわ。
アルメルス　外から見たら、偶然の出来事に見える。舵をなくした難破船が、風に流され海を漂っている。それとおんなじこと。別に何の意味もない。
アスタ　じゃ、何があるの。
アルメルス　じゃ、お前には説明がつくか。俺にはつかない。これから始めようとしていた。無限の可能性が開かれていた。俺は人間の責任を山で見つけた。それがエイヨルフだ。あの子にちゃんとした居場所を見つけてやる。誇りと喜びであの子の人生を満たす。その矢先に、あのキチガイ婆が現れて、袋に入った犬っころを見せた。

アスタ　すべては偶然よ。そこには意味なんてない。

アルメルス　子供たちは、婆さんがボートで沖に漕ぎ出すのを眺めてた。エイヨルフは一人で、桟橋のはずれに立っていた。突然、眩暈が起きた。（震えて）それであの子は、落ちた・・・そして消えてしまった。

アスタ　だとしても・・・

アルメルス　あの婆さんが、引き寄せた、間違いない。

アスタ　でも、どうして？

アルメルス　それが問題だ。どうしてそんなことをしたのか。エイヨルフがあの婆さんに何か悪いことでもしたのか？　悪口を言ったか？　犬に石を投げつけたか？　昨日家で初めて会った。それまで見たこともない。じゃ、何のためにあの婆さんは、エイヨルフにあんなことをした。いったい、その理由は。何だ、アスタ、答えてくれ。・・・それでもきっと理由があるんだ。エイヨルフの死は必要だった。だからエイヨルフは死んだ。そうとしか考えられない。お前もそう思っているんだろう？
アスタ　そういうことを、リタと話した？
アルメルス　いや。こういうことを話せるのは、お前だけだ。
（アスタはポケットから縫物と小さな紙包みを取り出す）
アルメルス　何だ？
アスタ（帽子を取る）喪章よ。
アルメルス　どうするんだ？
アスタ　つけるように言いつかったの。
アルメルス　俺はいい。
（アスタは帽子に喪章を縫い付ける）
アルメルス　リタは？

アスタ　庭を散歩、ボルグハイムさんと。
アルメルス　彼、今日も来てるのか?
アスタ　ええ、お昼の汽車で。
アルメルス　それは意外だな。
アスタ　あの人、エイヨルフをとっても可愛がっていたの。
アルメルス　いい奴だ。
アスタ　そうね。
アルメルス　好きなんだろう?
アスタ　好きよ。
アルメルス　なのに、決心がつかない。
アスタ　その話はやめて。
アルメルス　いや、どうしても聞きたい。
アスタ　今はいや。辛いの。だから聞かないで。・・・出来た。
アルメルス　ありがとう。
アスタ　今度は腕。

アルメルス　腕にも。
アスタ　そうらしいわ。
アルメルス　好きにやってくれ。

（アスタ、縫い始める）

アスタ　動かさないで、針が刺さるわよ。
アルメルス　思い出すな。
アスタ　そうね。
アルメルス　よく縫ってくれた、ちっちゃい手で。
アスタ　大真面目。
アルメルス　最初も、喪章。
アスタ　あら、そうだった？
アルメルス　やっぱり帽子。親父が死んだ時だ。
アスタ　覚えてない。

アルメルス　まだほんの子供。
アスタ　随分、昔ね。
アルメルス　それから二年たって、お前のお母さんが亡くなった。その時は腕。
アスタ　それが正式だって思ったの。
アルメルス　（彼女の手を叩く）もちろん、それが正式さ。・・・二人っきりでこの世に残された。・・・終わった？
アスタ　ええ。・・・素晴らしい日々だった。兄さんと二人っきり。
アルメルス　貧しくて大変だった。食べるために出来ることはなんでもやった。
アスタ　働いたのは、兄さん。
アルメルス　お前だって働いた。・・・あの時、お前は俺の可愛くて、大事なエイヨルフだった。
アスタ　やめてよ。そんなバカな名前、思い出させないで。
アルメルス　お前が男の子だったら、エイヨルフって名前になるはずだった。
アスタ　でも、わたしは女の子だった。兄さん、とっても子供っぽかった。大学に入ったとき、つくづく思ったの、どうしてわたしの兄さんは、こんなにも子供っぽいのかしらって。

アルメルス　そうかな。

アスタ　それからね、覚えているのは、弟がいないってことをとっても残念がっていたってこと。男の子に生まれていたらって、何度思ったかしれやしない。

アルメルス　お前こそ、そうなんじゃないのか。女の兄弟が欲しかった。兄さんと二人なのが、恥ずかしかった。

アスタ　そうね、少しはそういうところも。でも、それよりも兄さんが可哀そうだったの。

アルメルス　それで俺の古い服を引っ張り出して・・・

アスタ　青いシャツと半ズボン・・・

アルメルス　そう、青いシャツと半ズボン。ああ、思い出す。お前がそれを着て、歩き回っていたのを。

アスタ　でも、それは二人っきりの時だけよ。

アルメルス　もったいぶって、そりゃ大真面目だった。そしていつもお前をエイヨルフと呼んでいた。

アスタ　こんなことリタには話してないわよね。
アルメルス　いつか一度だけだけど、話したことがある。
アスタ　どうしてそんなことを！
アルメルス　妻には、何でも話すべきだ・・・そうじゃないかい。
アスタ　そうかもしれないけど。
アルメルス　（目を覚ましたように、いきなり飛びあがる）何てことだ！
アスタ　どうしたの？
アルメルス　あの子のことを、思い出しもしなかった。まるっきり、頭の中で消えていた。
アスタ　エイヨルフ！
アルメルス　思い出話にふけっていた。その時、あの子はどこにもいなかった。
アスタ　いたわ、兄さん。あの子は、隠れているの。
アルメルス　いや、いなかった。すっかりと抜け落ちていた。記憶の外だ。こうやってしゃべっている間、どこにも見当たらなかった。完全に消していた。
アスタ　悲しみだって、一息入れなくちゃ。

アルメルス　休んじゃいけない――そんなことは許されない――そんな権利はない――したくない！（興奮して、歩き始める）あの子が沈んでいる場所に、いてやらなくちゃいけないいんだ！

アスタ　駄目、海の方には行かないで！

アルメルス　放せ！　あの子のところへ行かなくちゃ。ボートを出す。

アスタ　（叫ぶ）やめて！　お願いだから、やめて！

アルメルス　わかった。行かない。だから離してくれ。

アスタ　落ち着かなきゃ。ここに座って。

アルメルス　ああ。

アスタ　そこじゃなくて、こっち。そこからだと海が見える。（無理やりに、海に背を向けた椅子に座らせる）さあ、ここ。少し、しゃべりましょう。

アルメルス　（溜息）悲しみに、一休み。

アスタ　そうよ。

アルメルス　駄目な奴だ。なんて情けないいんだ。

アスタ　自分を責めちゃダメ！

アルメルス　さっき、お前が来る前、胸が突き刺されるような痛みでここに座ってた・・・ところが、その最中に、今日の昼メシは何だろうなんて考えているんだ。
アスタ　ずっと悲しんでるなんて、誰にも出来ない。
アルメルス　うん、きっとそうだ。悲しみに、一休み。それは必要なことだ。（手を差し伸べる）ありがとう、アスタ。こんな悲しみの中に、お前がいてくれて、ほんとに助かった。
アスタ　一番、頼りにしなくちゃいけないのは、リタよ。
アルメルス　そりゃ、言うまでもない。でもリタは他人だ。お前とは血のつながりがある。そりゃ、全然別なものだ。
アスタ　（緊張して）そうなの。
アルメルス　特にうちの一族はどこか違ってる。（冗談めかして）名前がみんな母音で始まる。そのことはよく話したじゃないか。覚えてないのか？　そしてみんな同じ目を持っている。
アスタ　わたしも？

アルメルス　ううん。お前はお母さん似だね。お父さんにはどこも似ていない。他のうちの誰にも似ていない。でもやっぱり――

アスタ　でもやっぱり――

アルメルス　とっても深くむすびついているって気がする。ずっと一緒だったからね、俺たちは。だから――

アスタ　だから――

アルメルス　俺はお前から、いっぱい、いいものを貰った。

アスタ　もらったのはわたしだわ。何もかも、兄さんのお陰。いいことは全部、お兄さん。

アルメルス　わかってたよ。俺はだらしがなくて、駄目な奴だ。いつも、黙って、助けの手を差し伸べてくれていた。いつもほころびを、縫ってくれていた。

アスタ　違う。そうじゃない。兄さんは何もかも犠牲にしたの。わかってる。

アルメルス　犠牲なんかあるものか。バカなことを言うなよ。――俺は、お前が可愛かった。ちっちゃな時からね。（間）それに、なんとかしなきゃいけないといつも思ってた。

アスタ　何とかって、どういうこと？
アルメルス　親父さ。親父はお前に対してよくなかった。
アスタ　そんなこと思ったことがない。
アルメルス　親父は、お前に優しくなかった。
アスタ　そんなことない！
アルメルス　親父は、お前を愛していなかった。
アスタ　兄さんほどにはね。
アルメルス　それにお前のお母さんに対してもよくなかった。特に、最後の数年は。
アスタ　母は、若かったから、いろいろと行き違いが多かったのよ。
アルメルス　しょっちゅう喧嘩をしていて、いつも二人でやきもきしてた。
アスタ　そうね。
アルメルス　それにしても、親父は、外ではとってもいいんだ。誰にも寛大で、優しくて、親切で。でも・・・
アスタ　（静かに）母にもいけないところがあった。

アルメルス　そうは思えない。悪いのは、親父。どうしてあんなにひどいことを言ったり、したりするんだろうと思っていた。
アスタ　お父さんだけの問題じゃない。夫婦がうまくいかないのは、お互いのことよ。
アルメルス　確かにね。
アスタ　もうやめましょう。亡くなった人のことは、そっとしておきましょう。
アルメルス　そうだね。でも、あっちは、こっちをそっとしておいてはくれない。昼も夜も。
アスタ　時が経てば・・・時が経てば。
アルメルス　時が経てば・・・でも、なかなか経ってくれない。どうすればいいんだろう。この辛い時を、どうして潜り抜ければいいんだろう。わからない。俺にはわからない！
アスタ　リタのところへ行って、お願いだから。
アルメルス　駄目だ。わかるだろう。ここにいさせてくれ。
アスタ　いいわ。少しの間だけよ。

アルメルス　ありがとう。（海を眺め）ちっちゃなエイヨルフはどこにいるんだろう？（ほほ笑む）教えてくれ、大きくて賢いエイヨルフ君？（頭を振る）誰にも、わからない。わかるのは恐ろしい事実が一つ。もうあの子はいない。それだけ。

アスタ　あの人たちが来るわ。

（リタとボルグハイムが小道を下って来る）

アルメルス　どうだい、リタ？

リタ　いいわけないじゃない。

アルメルス　何しに来たんだ？

リタ　探しに来たの。何してるの？

アルメルス　別に。アスタが来てくれた。

リタ　その前は？　あなたずっといなかった。

アルメルス　ここにいて、海を眺めてた。

リタ　あら、そう。
アルメルス　一人でいたいんだ。
リタ　で、ずっとここにいたってわけ。
アルメルス　何も手がつかない。
リタ　わたしはどこにもいられない。特にここは駄目。目の前に海が広がってる。
アルメルス　俺は海を見ていたい。
リタ　（ボルグハイムに）戻った方がいいと思うんだけど。
ボルグハイム　（アルメルスに）その方がいいと思います。
アルメルス　いや、ここにいたい。
リタ　じゃ、一緒にいる。
アルメルス　そうしたいなら。・・・アスタ、お前もいてくれるね。
アスタ　（ボルグハイムにささやく）二人だけにしておきましょう。
ボルグハイム　そうですね。——少し歩きますか。浜辺沿いに。これがきっと、最後の散歩。
アスタ　ええ、いいわ。

（アスタとボルグハイムは消える）

リタ　エイヨルフがいない。どう考えればいいの？

アルメルス　慣れるしかない。

リタ　とっても出来そうにない。頭にこびりついてる。あの嫌な光景。一生まとわりつく。

アルメルス　どんな光景？　何を見た？

リタ　見たんじゃない。聞いただけ。ああ！

アルメルス　言ってくれ。

リタ　ボルグハイムに桟橋まで連れて行ってもらった。

アルメルス　どうして？

リタ　なぜあんなことになったのか知りたかったの。

アルメルス　わかってるじゃないか。

リタ　もっとわかったの。

アルメルス　何が！

リタ　すぐに消えたんじゃないの。
アルメルス　どういうことだ？
リタ　底に沈んでいたんですって。透きとおった水のずっと深くに。
アルメルス　それをあいつら見てたのか。助けもせずに。
リタ　身動き出来なかった。
アルメルス　なぜだ。やつらはみんな泳げるんだ。なぜ、助けなかったんだ？
リタ　仰向けに、大きな目を開けて、沈んでた――
アルメルス　目を開けて。じっと？
リタ　ええ、じっとまんじりもせず、静かに。するとたちまち、何かがやって来て、あの子をさらって行った。海の底では潮がすごい勢いで流れているの。
アルメルス　それが最後の姿か。
リタ　ええ。
アルメルス　そしてもう、誰も、あの子を見ない。
リタ　見えるの、底に沈んでいるあの子が。
アルメルス　大きな目を開けて。

リタ　大きな目を開けて！　それが、目の前に、はっきりと。

アルメルス　それは悪魔の目か、リタ？

リタ　悪魔の・・・

アルメルス　海の底から、じっとこちらを見ているのは、悪魔の目か？

リタ　アルフレッド！

アルメルス　答えろ！　言ったじゃないか、悪魔の目の子供がいるって。そうなのか？

リタ　やめて！　お願い、やめて、アルフレッド！

アルメルス　これで望み通りだ。

リタ　何を望んだって言うの？

アルメルス　エイヨルフがいなくなることを。

リタ　そんなこと望まない。ただ・・・ただ・・・

アルメルス　ただ、何だ？

リタ　邪魔されたくない、そう思っただけ。

アルメルス　だから、あの子はもう邪魔しない。

リタ　いいえ、そうじゃない。むしろこれから。（びくっとする）ああ、ぞっとする！
アルメルス　悪魔の目を持った子供が、じっとこちらを覗きこんでいる。
リタ　あなたの目が悪魔だわ。こんなあなた、初めて見た。
アルメルス　悪魔にしないでとお前は言った。悲しみが人を悪魔にするんだ。
リタ　それなら、わたしも悪魔だわ。

（アルメルス、海を眺める。
リタ、腰を下ろす）

アルメルス　お前はあの子を、愛さなかった、ほんの少しも。
リタ　あの子は、わたしになつかなかった、ほんの少しも。
アルメルス　望んだのか？
リタ　望んだわ。そうして欲しかった。でも邪魔をする人がいた。初めから。
アルメルス　それは俺か。

リタ　あなたは後。初めは・・・

アルメルス　誰だ？

リタ　叔母さん。

アルメルス　アスタ？

リタ　いつもアスタが間にいて、道を塞いでいた。

アルメルス　そう思っているのか？

リタ　そう思ってる。アスタが、あの子を取り上げた。アスタはほんとはあなたが欲しかったの。でも手に入らなかった。だから、代わりにあの子を自分のものにしたの。

アルメルス　それは悪魔の考えだ。

リタ　そう、悪魔はいろんな考えを吹き込むの。わたしはあの子を愛さなかった。で、あなたはあの子を愛したの？　一度だって、あの子を愛したことがあるの？

アルメルス　愛さなかっただって——

リタ　そう、愛さなかった。あなたが愛してたのは、本、責任についての。あなたはそれに夢中だった。

アルメルス 確かに、そうだ。だけど、それはやめた。

リタ エイヨルフのために。

アルメルス そうエイヨルフのために。

リタ へえ、そうなの。わたしはそうじゃないと思う。

アルメルス じゃ、何だ?

リタ あなたは行き詰ってた。自分には大きなことを成し遂げる力がないのではないのかという疑いで一杯だった。自信をなくしていた。その投げ出す口実がエイヨルフだったの。

アルメルス お前は俺をそういう目で見ていたのか。

リタ 一緒にいるとそんなことが見えてくるの。机の前に座っている。空っぽで、書くべきことは何もない。だのに、座り続けている。朝まで。あなたは自分を掻き立てるものを必死になって探してた。わたしではダメ。わたしではあなたを満足させられない。で、しょう。

アルメルス 変化の法則だ、リタ。

リタ　出た、お得意の変化の法則！　で、その変化の法則に従って、山へ登ったのよね。そこで、代わりの玩具を見つけた。それがエイヨルフ。エイヨルフにあなたがたどれなかった、栄光の道を歩ませる。

アルメルス　俺はただ、あの子に生まれてきてよかったと思う人生を与えたかった。それだけだ。

リタ　そこに愛情はあった？　自分の心の底をよく見なさい。心の襞の襞を。

アルメルス　・・・お前には、その勇気があるのか？

リタ　・・・ないわ。

アルメルス　お前の言う通りなら、俺たちは、一度もあの子を自分たちのものにしなかった。

リタ　一度も本当には愛さなかった。

アルメルス　なのに、こんなにも悲しんでる。

リタ　変ね。知らない子のことで、こんなに大騒ぎするなんて。

アルメルス　知らない子だなんて、言うな！

リタ　さっき、言ったじゃない。一度もあの子を自分たちのものにしなかったって。

アルメルス　お前が言ったんだ。俺じゃない。俺は違う。

リタ　いいえ、違わない。わたしもそうなら、あなたもそうなの。

アルメルス　もう遅い。何もかも、手遅れだ。

リタ　救いも、慰めもない。

アルメルス　（突然叫ぶ）お前のせいだ！

リタ　わたし！

アルメルス　そう、お前だ！　水に落ちて、浮かび上がろうとしないなんて、沈んだままだなんて、そんなのおかしい。誰だって生きようとする。お前がそういうふうにあの子をしたんだ。

リタ　あなたにわたしを責められるの！

アルメルス　ああ、責める！　いくらでも責めてやる！　お前は、まだ這い這い歩きの赤ん坊をテーブルの上に放って置いた。

リタ　あの子は布団にくるまってぐっすりと眠っていた。大丈夫、見ているからと、あなたは言った。

アルメルス　見ていたんだ、ちゃんと。そこへお前がやって来て、俺をさそった。
リタ　わたしが悪いの。あなたじゃないの、何もかも忘れてしまったのは。
アルメルス　ああ、忘れた。何もかも忘れた。お前の腕の中で。何もかも！
リタ　アルフレッド、あなたってひどい人ね！
アルメルス　あの時、エイヨルフの死の宣告を下したんだ。
リタ　そうだとしたら、あなたも一緒にね。
アルメルス　そうだ、一緒にいったんだから。俺たちは同罪だ。そしてエイヨルフは死に、今その報いを受けている。
リタ　報い？
アルメルス　そうだ、審判が下された。罪の報いがこれだ。生きている間、あの子を見るたびに、誰にも言えない罪の意識で目を逸らせた。お前、あれをどんな気持ちで見ていた。
リタ　松葉杖？
アルメルス　そうだ。あの子の歩いている姿を思い出してみろ。お前、あれを正面から見る勇気があったか？　今、俺は辛くてやりきれない。これはなんだと思う。これが良心の呵責ってもんだ。俺たちが、あの子の身体をあんなふうにしてしまった。一番辛いのは、あの子がもういないってことだ。俺たちはもう罪を償えない！

リタ　どうしろって言うのよ？　このまま、気が違ってしまえって言うの。取り返しがつかないのよ。どんなに悲しんでも嘆いても、取り返しがつかないのよ。

アルメルス　昨日、エイヨルフの夢を見た。あの子が桟橋のむこうからやって来る。他の子と一緒に走って。何にもなかった。何にも。あの子はみんなと一緒に、元気にはしゃいでる。何の問題もない。悪い夢を見ていたんだ。そう思った。すると涙が出てきた。涙が出て、止まらなかった。ありがとうございます、そう言って感謝した。

リタ　誰に？

アルメルス　え？

リタ　だから誰にって聞いてるの。誰に感謝したのか。

アルメルス　単なる夢だ。誰にってことはない。

リタ　あなたは信じてもいないモノに、感謝したの。
アルメルス　単なる夢だって言ってるだろう。
リタ　あなたはわたしに、無理やり神を棄てさせた。今さら、そんなもの持ち出されても困るわ。
アルメルス　あんなものは空っぽの思想だ。
リタ　でも、今、あなたはその空っぽの思想に頼ろうとしたじゃない。わたしだって頼りたい。ねえ、返してよ。
アルメルス　じゃ、返してやる。返してやるから、答えてくれ。もし、お前が、エイヨルフを追って、あの子のところまで行けるとすれば・・・
リタ　行けるとすれば・・・
アルメルス　何もかも捨てて、あの子のところまで行くかい？
リタ　何もかも捨てて？
アルメルス　この世の楽しみの一切を捨てて。
リタ　今すぐにってこと？
アルメルス　そう、今すぐ。出来るか？

リタ　わかんない。・・・ううん、やっぱり、わたし、まだしばらくは、あなたと一緒にこちらにいたい。
アルメルス　じゃ、俺がエイヨルフのところへ行ったら。そうしたら、すぐにでも来るか。
リタ　ええ、行くわ、喜んで。喜んでそうする。でも・・・
アルメルス　でも、どうした?
リタ　やっぱり駄目。そういう気がする。きっと出来ない。どうしたって駄目!
アルメルス　俺もだ。
リタ　そうよね。出来ないわよね。やっぱりそうよ。
アルメルス　俺たちはずっと生き続ける。どんなことがあっても。
リタ　生きていれば、またなんとか幸せが見つけられる。
アルメルス　幸せだって。そんなもの・・・
リタ　あっちゃいけないって言うの。(疑わしげに) あの、もしよ。(激しく) いえ、駄目、言えない。考えてもいけないんだわ。
アルメルス　言えよ。

リタ　あの子のことを消し去ってしまう。すっかり。出来ないかしら。
アルメルス　そもそもそんな子は存在しなかったってことか。
リタ　罪も良心の呵責も、きれいに洗い流してしまうの。
アルメルス　そう望むのか。
リタ　ええ、出来ることなら、そうしたい。（叫ぶ）だって、こんなの、耐えられない！　何でもいいの。ああ、見つからないかしら。忘れさせてくれるものが。
アルメルス　そんなに都合よくいくものか。
リタ　旅に出ない。遠くへ行くの。
アルメルス　家を離れて、生きていけない。しょちゅうそう言ってるじゃないか。
リタ　じゃ、沢山の人を集めましょう。うんとにぎやかにやると、気がまぎれるわ。
アルメルス　そういうのって、好きじゃない。そうだ、もう一度、あれに取り掛かろう。
リタ　あれ。わたしとあなたを隔てていた、あれ？

アルメルス　隔たりは、もう縮まらない。
リタ　どういうこと？
アルメルス　昼も夜も、大きく開いた子供の目が、見つめてる。
リタ　ああ、考えただけでもぞっとする。
アルメルス　すべてを焼き尽くす炎の中に俺たちの愛はあった。でもその炎は、消えようとしている。
リタ　消える？
アルメルス　・・・たった今、消えた。少なくとも、こちら側は。
リタ　（石化して）よくそんなことが言えるわね。
アルメルス　（穏やかに）死んだんだ、リタ。俺たちの愛は、今、死んだ。それを認め、受け入れるところからしか、俺たちの関係は始まらない。
リタ　どんな関係を始めるっていうの。そんなの興味がない。
アルメルス　ねえ、リタ・・・
リタ　わたしの血は熱いの。魚みたいな冷たい血の、生きてるのか死んでいるかわからないような人間じゃない。（手をよじる）一生、後悔の牢獄で泣きの涙で暮らすなんて、真っ平。もう、わたしのものでない男と。
アルメルス　いつかは終わりがくるんだ。
リタ　終わりが。あんなに愛し合っていたのに。
アルメルス　そうでもなかった。
リタ　そうでもない。あ、そう。じゃ、どう思ったの、初めて会った時？
アルメルス　ちょっと、恐かった。
リタ　ちょっと？
アルメルス　ほんとは、すごく。
リタ　じゃ、お聞きしますけど、そんなに恐いのに、どうしてあなた、わたしのものになったの？
アルメルス　うっとりするほど美しくて、逆らえなかった。
リタ　それだけ？　ねえ、アルフレッド、それだけなの？
アルメルス　いや、他にもある。
リタ　わかってるわよ。黄金の山と、緑の森、そうなんでしょう。
アルメルス　そうだ。

リタ　よくもまあ、そんなことが・・・！
アルメルス　アスタのこともあった。
リタ　ああ、アスタ！　そうなの！（苦々しく）そうなんだ。実は、わたしたちの結びの神はアスタだったんだ。
アルメルス　あいつは何も知らない。今だって、何にも。
リタ　（とりあわず）結局はそこに行き着く。アスタ！（嘲るように微笑する）ちっちゃなエイヨルフでしょ。ちっちゃなエイヨルフ、そうなんでしょう、あなた。
アルメルス　エイヨルフ？
リタ　そうじゃなかった。昔、あなた、あの人をエイヨルフって呼んでたって、聞いたことがある。ほら、あの時よ。・・・わたしたちのあの時、あなたはそう言った。あのとろけるようなあの時に、あなたはわたしの耳元でそう言ったの。
アルメルス　（恐怖に包まれ）そんなことは言わない。言った覚えなんかない！
リタ　そして、あの時よ。もう一人のちっちゃなエイヨルフがビッコになったのは。

リタ　そう、報いよ！

アルメルス　報いだ！

（アスタとボルグハイムが戻ってくる）

リタ　しっかり話した？

アスタ　ええ、まあ。

ボルグハイム　ほんとはあんまり。アスタさん、殆どしゃべらないんです。

リタ　あら、そう。わたしとアルフレッドはそりゃあ、たっぷり話し合ったわ。

アスタ　どんなこと？

リタ　そうね、とっても一口では言えない。一生分しゃべったって感じ。・・・じゃ、行きましょうか、みんなして。二人だと息がつまって駄目なの、そちらのお二人さん、助けて下さいな、お願いします。

アルメルス　じゃ、とりあえず、そっちの二人で始めててくれ。（振り返ってアスタに）こっちは、ちょっと話したいことがある。

リタ　あら、そう？　じゃ、参りましょうか、こっちの二人は。

（リタとボルグハイムは去る）

アスタ　何があったの？

アルメルス　もうここではやっていけそうにない。

アスタ　リタと一緒にはってこと？

アルメルス　そうだ。リタとはもう暮せない。

アスタ　何言ってるのよ。

アルメルス　たった今、俺たちは、ここで、毒を吐きあっていたんだ。

アスタ　そんなこと。

アルメルス　こんなことになるなんて、今日の今日まで思いもしなかった。

アスタ　どうしようっていうの？

アルメルス　何もかも捨てて、ここから出て行きたい。

アスタ　一人になりたいの。
アルメルス　昔のように。
アスタ　兄さん、一人じゃ暮らせないわ。
アルメルス　昔は一人だった。
アスタ　いいえ、一人だったことは一度もない。昔はわたしがいた。
アルメルス　じゃ、お前のところに戻る。そうさせてくれ。
アスタ　駄目よ。そんなこと出来っこない。
アルメルス　ボルグハイムか。
アスタ　そうじゃないわ。
アルメルス　じゃ、決まった。お前のところへ行く。可愛い、可愛い妹のところへ。これからはお前と一緒だ。そして、この夫婦生活の汚れを、お前に洗い流してもらう。
アスタ　それはリタに対する裏切りだわ。
アルメルス　リタには、すまないとは思う。でも仕方がない。思い出して見ろよ。あの頃の生活。始めから、終わりまで、全部が一続きの、楽しいお祭りみたいだった。

アスタ　そうだった。でも、そんなのもう戻ってはこないのよ。

アルメルス　そんなにも俺は、結婚生活で、駄目になったのか。

アスタ　そうじゃない。

アルメルス　じゃ、どうして駄目なんだ。

アスタ　出来ないの。

アルメルス　出来るよ。俺たちは兄弟だよ。兄弟の愛情は・・・

アスタ　何なの？

アルメルス　変化の法則に支配されない、唯一の関係なんだ。

アスタ　(震える声で) じゃ、その関係が、もしそうじゃないとすれば。

アルメルス　どういうこと？

アスタ　わたしたちがそうじゃなかったら。

アルメルス　そうじゃない？

アスタ　言ってしまうわ——母さんの手紙ね——鞄に入れてきた——あれを読んで——わたしが発ったら。

アルメルス　どうして？
アスタ　読めばわかる。
アルメルス　何が？
アスタ　わたしには権利はないってこと――あなたのお父さんの名前を名乗る。
アルメルス　一体、何を言っているんだ。
アスタ　だから手紙を読んで。そうすればわかる。お母さんのことも、多分、許してくれると思う。
アルメルス　さっぱりわからない。つまり、お前は・・・
アスタ　そう、あなたはわたしのお兄さんじゃないの、アルフレッド。
アルメルス　だとしても、何も変わらない。俺とお前の間は、これまで通りだ。
アスタ　すべては変わるの。わたしたちは、兄と妹ではなくなるの。
アルメルス　戸籍の上ではなくなっても、気持ちの上では兄と妹であることは変わらない。
アスタ　変わるの。これからは、わたしたちの間にも、変化の法則が適用されることになるの。

アルメルス　何が言いたいんだ？
アスタ　もう何も言わない。ねえ、アルフレッド。（椅子から花を取る）見て、この睡蓮を。
アルメルス　深い水の底から、水面に向って伸びてく花かい。
アスタ　池で取ったの。海に流れ込む、すぐ近くの。（差し出す）あなたにあげようと思って・・・アルフレッド。
アルメルス　ありがとう。
アスタ　（涙が流れる）これがわたしのあなたへの言葉よ――ちっちゃなエイヨルフからの。
アルメルス　海の向こうで沈んでいるエイヨルフから。それとも今、ここにいるエイヨルフから。
アスタ　二人から。さあ、行きましょうか、リタのところへ。
（アスタ、すたすたと一人で、森の小道を行く）

アルメルス　（テーブルから帽子を取り囁く）アスタ。エイヨルフ。ちっちゃなエイヨルフ――！（後を追う）

第三幕

(アルメルス家の高台にある庭。
綱はあるが旗のない旗を立てるためのポール。
ベンチが一つ。
空がまっ青な夏の夕べ。夕闇が迫っている。
旅行鞄を持ったアスタがベンチに座っている。
旅行鞄と折りたたんだ旗を持ったボルグハイムがやってくる)

ボルグハイム　ここにいたの?
アスタ　海を見てたの。最後のお別れ。
ボルグハイム　寄ってみて、よかった。
アスタ　探していらしたの。
ボルグハイム　お別れが言いたくて。でも、これが最後ってわけじゃない。

アスタ　なかなか諦めないのね。
ボルグハイム　道路屋はそうでなくっちゃ。
アスタ　アルフレッドは。それからリタ。
ボルグハイム　どちらもお会いしました。
アスタ　一緒に。
ボルグハイム　いいえ、別々に。
アスタ　その旗は？
ボルグハイム　あげてくれって、頼まれたんです。
アスタ　旗を。今頃。
ボルグハイム　半旗にね。夜も昼もあげておきたいって。
アスタ　気の毒ね。アルフレッドも、リタも。
ボルグハイム　ここを発つんですか？　ほら、旅支度だから。
アスタ　どうしてもね。
ボルグハイム　どうしても。
アスタ　ええ。あなたも？

ボルグハイム　ええ、僕もどうしても。今夜の汽車です。あなたは？
アスタ　わたしは船。
ボルグハイム　じゃ、別々の道だ。
アスタ　そうね。

（アスタ、座ってボルグハイムが半旗を掲げるのを見ている）

ボルグハイム　アスタさん——ちっちゃなエイヨルフのことが悲しくてたまらない。
アスタ　ええ。
ボルグハイム　とっても辛い。柄じゃないんだけど。
アスタ　時がたてば忘れるわ——何もかも。
ボルグハイム　何もかも？　そう思いますか？
アスタ　通り雨みたいに。ここを離れれば、すぐにでも晴れる。
ボルグハイム　じゃ、よっぽど遠くへ行かなくちゃ。

アスタ　それに大きな工事の仕事が。
ボルグハイム　でも一人っきりだから。
アスタ　すぐに現れるわよ。
ボルグハイム　そりゃどうかな。僕はね、喜びを分かち合う相手が欲しいんです。
アスタ　辛いことじゃなくて。
ボルグハイム　そんなのは何てことはない。一人で十分。
アスタ　でも喜びはそうじゃない。
ボルグハイム　分かち合う相手のいない喜びには、幸せがないんです。
アスタ　ふうん、そうなんだ。
ボルグハイム　いいことがあって、一人にやにや喜ぶってことはあると思います。でも、そんなの長続きしない。喜びは二人で分け合ってこそ、喜びなんです。
アスタ　どうしても二人？　もっと沢山でもいいんじゃない。
ボルグハイム　それはまあ、別の話です。ねえ、アスタさん、駄目かな、その喜びや幸せ、苦労や心配を、誰かと、たった一人の誰かと、分け合うってことは？

アスタ　誰かって、それは、あなた?
ボルグハイム　ええ、僕です。
アスタ　やってみたことがあるの、一度。
ボルグハイム　そうなんですか。
アスタ　兄と。
ボルグハイム　兄さん。そりゃ全然違う。そりゃ、張り合いのある楽しい生活ってものです。
アスタ　確かに、そうだった。
ボルグハイム　兄さんとだって、そうなら・・・
アスタ　どうなの?
ボルグハイム　僕となら、もっと張り合いがあって楽しいものになる。
アスタ　そうかしら?
ボルグハイム　素敵な兄さん以上の者になってみせる。
アスタ　あの頃、わたしはまだ子供だった。兄さんも似たようなものだった。
ボルグハイム　(間) 楽しかった?

アスタ　ええ、とっても。
ボルグハイム　心の底から、幸せを感じた。
アスタ　心の底から。そりゃ信じられないくらいの幸せを感じたわ。
ボルグハイム　話して下さい。
アスタ　嫌よ、そんなの。
ボルグハイム　聞きたいんです。どうしても。
アスタ　たわいのない、つまらないことばかり・・・
ボルグハイム　例えば・・・
アスタ　そう、例えば、試験に合格したとか。成績がよくて表彰された。それから、少しずつ、いろんな学校から口がかかった。兄さん、理想に燃えていていろんな話をしてくれた。それを論文に書くようになって、それがある時雑誌に掲載されたの。そりゃ、嬉しかったわ。二人して、手を取り合って涙を流して喜んだ。
ボルグハイム　わかります。兄弟二人が喜びと悲しみを共にする。そりゃ、充実した、幸福に満ちた生活だと思う。（頭を振る）でも、どうしてそんな素敵な生活を投げ出したんだろう。

アスタ　結婚したの。

ボルグハイム　辛かった？

アスタ　そりゃ、辛かったわ。いきなり投げ出されたと思った。

ボルグハイム　でも、そうじゃなかった。

アスタ　そう思えるまでは、時間がかかったわ。

ボルグハイム　でも僕は信じられない。あなたみたいな人を手放すなんて。

アスタ　変化の法則なの。

ボルグハイム　変化の法則？

アスタ　アルフレッドがそう呼んでるの。

ボルグハイム　くっだらない！　僕はそんなの信じない。

アスタ　さあ、どうかしら。わからないわよ。

ボルグハイム　いいえ、断じて！　（熱意をこめて）僕は変わらない、絶対に！

ええ、約束します。ですから・・・

アスタ　その話はもう終わったはずよ。

ボルグハイム　僕が生きている間、この問題はずっと続くんです。僕はあなたを諦めることなんて出来ない。それが結論です。それに今、あなたの兄さんは、あなたを必要としていない。必要としているのは、僕だ。・・・それに、あのことが、あなたの立場をがらりと変えてしまった。

アスタ　どういうこと？

ボルグハイム　あの子がいなくなったことです。

アスタ　確かに、ちっちゃなエイヨルフはいなくなったわ。だから・・・

ボルグハイム　つまり、あなたをここにひき止めていたものが、なくなったということです。だから、あなたはもうここにいなくてもいい。

アスタ　お願い、そんなにせっつかないで。

ボルグハイム　駄目です。僕は出来るだけのことはやる。どんなチャンスも逃がさない。そうしたら一生後悔することになる。僕はすぐにも町を発つ。そうしたら、もう何年も会えない。その間に何が起こるか？

アスタ　何が起こるっておっしゃるの？

ボルグハイム　わからないから、恐いんです。

アスタ　変化の法則が恐いの？

ボルグハイム　そんなものは恐くない。（苦笑）それに変わるものはなにもない。あなたの気持は僕にない。それはこの先も、ずっと変わらない。

アスタ　そうなの。

ボルグハイム　少しは関心を持っていただいているかも知れない。でも僕の望んでいるのとは程遠い。アスタさん、僕がどんなにあなたのことを思っているか。それに僕は全身全霊を込めて、あなたを幸せにする。どうか、あなたの人生を僕に下さい。僕がこの世で本気で望むのはそれだけです。僕には、あなたとの未来が見える。輝かしい未来です。どうかそれを投げ捨てないでください。

アスタ　今はその輝かしい未来の扉を開く気にはならないの。

ボルグハイム　じゃ、僕はこれからずっと、たった一人で、道を作るんだ。

アスタ　一緒にその道を歩くことが出来ればと思うわ。あなたとだったら、どんな道もきっと楽しいでしょうね。

ボルグハイム　なぜ、それが出来ないんですか？

アスタ　今の私は、半分しか、あなたにあげられないからよ。あなた、半分のわたしで満足?
ボルグハイム　いいえ、全部でなきゃ、嫌です。
アスタ　でしょう。だったら駄目だわ。
ボルグハイム　わかりました。じゃ行きます。さようなら、アスタさん。
（立ち去ろうとするが、アルメルスがやって来るので、立ち止まる）
アルメルス　（近づきながら）・・・リタはそちらにいますか?
ボルグハイム　いいえ、アスタさんしかいません。
（アルメルスやって来る）
アスタ　探してくる?　見つけて、ここに来るように言えばいい。
アルメルス　いや、いい。（ボルグハイムに）あの旗をあげたのは?

ボルグハイム　ええ、僕です。奥さんに頼まれて。
アルメルス　今夜発つって？
ボルグハイム　今度こそ、本当のお別れです。
アルメルス　でも、ちゃんと道連れが出来た。
ボルグハイム　一人です。
アルメルス　一人？
ボルグハイム　ええ、一人です。
アルメルス　そうなんだ。
ボルグハイム　その先もずっと一人。
アルメルス　一人って、考えただけでも、心細くて、ぞっとする。
アスタ　あら、アルフレッド、あなた一人じゃないじゃない。
アルメルス　それにも、どこか、ぞっとするものがある。
アスタ　何言ってるのよ。
アルメルス　行かないんだったら、ここにいてくれればいいじゃないか。
アスタ　それは駄目よ。町で仕事があるの。

アルメルス　町にはいるよね。約束だよ、アスタ。
アスタ　ええ。
アルメルス　それから、ここにも顔を出してくれる。
アスタ　そんな約束は出来ない。
アルメルス　わかった。じゃ、町で会うことにしよう。
アスタ　あなたはリタのそばにいなくちゃ。
アルメルス　道連れなしの旅ってのが、君には向いてるね。
ボルグハイム　勝手な人だなあ。
アルメルス　いや、うらやましいなと思って。道連れなしだと、これから誰かに出会える。
アスタ　アルフレッド！
アルフレッド　それこそほんとの道連れってもんだ。俺はもう手遅れだ。
アスタ　アルフレッド、やめて！
ボルグハイム　（二人を交互に眺め）一体、何がどうなっているんです？

（リタがやって来る）

リタ　置いてきぼりにしないで！

アスタ　一人にして、って言ったから。

リタ　ええ。でも駄目。わたし暗いの、駄目なの。大きなぽっかり開いた眼が、見つめてるの。

アスタ　（勇気づける）そんな目なんて、見返してやりなさいよ、リタ。

リタ　よく、そんなことが言えるわね。

アルメルス　アスタ、お願いだ、どうか、ここにいてくれ！　リタのそばに！

リタ　アルフレッドのそばにも！　そうしてちょうだい、わたしからもお願いするわ。

アスタ　そうしたいのは山々だけど。

リタ　じゃ、そうして。こんな暗い気持ち、この人と二人ではやってけない。

アルメルス　暗いなんてもんじゃない。これは絶え間ない拷問だ。

リタ　わたしが拷問だって言うの。

アルメルス　これが拷問じゃなくて、何だって言うんだ。
リタ　どうだっていいわよ、そんなこと。とにかくわたしたち二人では、駄目ってことははっきりしてる。ねえ、アスタ、お願い。ここにいて、わたしたちを助けて。エイヨルフの代わりになって。
アスタ　エイヨルフの――！
リタ　そうよね、あなた。そうなんでしょう。
アルメルス　もし、アスタがそう思ってくれるなら。
リタ　この人、あなたのことを、ちっちゃなエイヨルフって呼んでたんでしょう。お願い、これからわたしたちのエイヨルフになってちょうだい。昔は、この人専用、これからは、わたしたち二人のエイヨルフ。
アルメルス　そうだよ、アスタ、ここにいて、一緒に暮らそう。リタと、俺、お前の兄と。
アスタ　出来ないわ。だってしたくないもの。（振り向き）ボルグハイムさん、船は何時？
ボルグハイム　もうすぐです。

アスタ　じゃ、乗らなくちゃ。一緒に行ってもいい。
ボルグハイム　もちろんです。もちろん。
アスタ　じゃ、行きましょう。
リタ　ふーん、そうなんだ。じゃ、ここにはいられないわよね。
アスタ　（リタに抱きつく）いろいろありがとう、リタ。（アルメルスには手を握る）アルフレッド、さようなら。お大事にね。
アルメルス　なんだか、逃げてくみたいだな。
アスタ　そうなの、逃げてくの。
アルメルス　逃げてくって、俺から。
アスタ　（囁く）そう、あなたから——そしてわたしから。
アルメルス　ああ！

（アスタは駆け去る。ボルグハイムはその後を追う）

アルメルス　船だ。見てごらん、リタ。

リタ　見る気になれない。
アルメルス　どうして？
リタ　だって赤い目してるんだもの。それに緑の目。大きな光った目。
アルメルス　船のランプだ。
リタ　わたしには目なの。闇の中でじっと見てる。
アルメルス　今、横づけになった。
リタ　どこに？
アルメルス　そりゃ、桟橋さ。
リタ　よくもそんなところに。
アルメルス　だって他に場所はないよ。
リタ　でもあそこなのよ、エイヨルフが！　そのことを少し、考えてほしいわ。
アルメルス　人生は残酷さ。
リタ　なんて冷たいの。考えるべきよ。こんなに辛い思いをしているものがいるってことを。
アルメルス　そうだ、こんなに辛い思いをしてる。でも時は過ぎていくんだ。どんどん。何もなかったみたいに。

リタ　そうね、何もなかった。少なくとも他の人には。わたしたちだけ。わたしたちだけよ。

アルメルス　何もかも無駄だった。お前があんなにも苦しい思いをして、あの子を産んだことも。何もない。

リタ　何もなくはない。松葉杖が残ったわ。

アルメルス　うるさい！　その言葉は口にするな！

リタ　ああ、あの子がいないと思うと、たまらない。

アルメルス　あの子がいた頃、全然平気だった。一日中ほっておいても。

リタ　あの頃は、その気になれば、いつでも会えたもの。

アルメルス　そうやって、エイヨルフとの短い時間を無駄にしてきたんだ。

リタ　ああ、また鳴ってる！

アルメルス　汽笛の音だ。船が出る。

リタ　違う。その音じゃない。耳の中で鳴っているの。一日中。また、鳴ってる。

アルメルス　そりゃ、空耳だよ、リタ。

リタ　いいえ、はっきりと聞こえる。お弔いの鐘ように響く。ゆっくり、ゆっくりと耳元で囁くの。

アルメルス　何て？

リタ　「マッバ――ヅエガ、ウイテル」「マッバ――ヅエガ、ウイテル」。ほら、あなたにも聞こえない。

アルメルス　（頭を振って）聞こえない、何も。

リタ　わたしには聞こえるの、こんなにはっきりと。

アルメルス　みんな乗り込んだ。船はいよいよ、町へ向かう。

リタ　ほんとうに聞こえないの？　「マッバ――ヅエガ、ウイテル」「マッバ――ヅエガ、ウイテル」

アルメルス　そんなものに耳を貸しちゃだめだ。アスタとボルグハイムは船の中だと言ってるんだ。ああ、行ってしまった。アスタは行ってしまった。

リタ　あなたも行ってしまうの？

アルメルス　どういうことだ？

リタ　妹の後を追うんでしょう。

アルメルス　アスタがそう言ったのか。

リタ　いいえ、あなたが言ったの。アスタのために——わたしと一緒になった。

アルメルス　理由が何であれ、お前と一緒になった。それが大きな現実となって、身動きできない。進むことも、退くことも、出来ない。

リタ　あなたにとって、わたしはもう——うっとりするほど美しくはないんでしょうね。

アルメルス　それでも変化の法則で、俺たちはなんとかうまくやっていけるかもしれない。

リタ　（ゆっくりうなずく）わたしの中でも、今変化が起きている。その痛みを感じてるの。

アルメルス　痛み？

リタ　ええ、お産をするような痛み。

アルメルス　変わらなくちゃいけないんだ、生き続けるためには。より高みを目指して。

リタ　そうね。自分自身を捨てるのね。楽しいことは全部あきらめる。

アルメルス　失って、得る、そうやって学びながら生きていく。
リタ　わたしは嫌。空疎で砂を噛むような生活は。わたしたちは楽しむために、この地上に生きているの。
アルメルス　海で死んでいるもののことはどうする。陸と海とはつながっているんだ。
リタ　あなたはつながっていなさい。わたしはさっさと断ち切ってしまう。
アルメルス　それが出来れば、そうすればいい。出来るか？
リタ　ねえ、アルフレッド――あなた、またあれ始めない。
アルメルス　お前があんなに嫌がっていた、あれか？
リタ　今だったら、わたし、喜んで、半分を本の方へ差し出す。
アルメルス　なぜだ？
リタ　それで引き止められるのなら、そうするわ。
アルメルス　こちらはそうはなりそうもない。
リタ　なるわ。
アルメルス　また、本を書くように。

リタ　一緒に生きていけるように。
アルメルス　生きていけるかどうかさえ、自信がない。
リタ　変化の法則じゃなかったの。
アルメルス　その法則を適用するとすれば、俺たちは別れた方がいい。
リタ　で、どこ行くつもり？　多分、アスタのところね、結局は。
アルメルス　いや、アスタのところには行かない。
リタ　じゃ、どこ？
アルメルス　孤独かな。
リタ　山ってこと？
アルメルス　そうだ。
リタ　そんなの口だけ。あなたは山では生きていけない。
アルメルス　でも、引きつけられるんだ。
リタ　何か隠してる？
アルメルス　うん。
リタ　いけない人、隠し事なんかして。さあ、言いなさい。

アルメルス　よし、そこに座って。話してやるから。

リタ　どうぞ、いつでも始めて。（座る）

アルメルス　俺はたった一人、高い山の、奥地の、まっただ中にいた。そして、歩くうちに、だだっぴろい、静まり返った湖に出た。そこを越さなきゃいけない。でもどうやって。ボートもなければ、助けてくれる人もいない。

リタ　それでどうしたの？

アルメルス　横道から沢に出て、山の頂上を目指した。峰伝いに行けば、湖の反対側に出られると思ったんだ。

リタ　それで道に迷ったの？

アルメルス　そう、方角を間違えた。道なんてどこにもない。背よりも高い藪の中が果てしなく続く。ひたすら歩く。歩いても、歩いても藪、藪、藪。昼から夜、夜から昼、何日歩きづめだったかも、わからない。もう二度と帰れないんだ、そう思った。

リタ　家に帰れない。わたしたちのところへは戻れない。そう思ったのね。

アルメルス　いや、そうじゃない。

リタ　なんだ、違うの。

アルメルス　不思議なんだけどね、お前もエイヨルフも、アスタだって、全然、頭になかった。

リタ　じゃ、何、考えてたの？

アルメルス　何にも。思考そのものが完全に停止していた。切り立った崖を夢見心地で歩きながら、まじかに迫っている死を感じて、痺れるような快感の中にいた。

リタ　快感！

アルメルス　そうだったんだから、仕方がない。不安もない。恐怖もない。死神が旅の道連れ、二人して仲良く肩を並べて、ピクニック、そんな気分だった。

リタ　冗談やめて。とにかくあなたは帰ってきたんだから、それでいいじゃない。

アルメルス　気がついたら、湖のむこうに立ってた。

リタ　最悪のところは切り抜けたのね。

アルメルス　その最悪の夜に、決心した。そして向きを変え、まっすぐに家に向かった。エイヨルフのいるところへ。

リタ　でも、間に合わなかった。

アルメルス　そう、間に合わなかった。あの旅の道連れは、俺ではなく、あの子を連れて行ったんだ――やりきれなかった、なにもかも、あの子の一切が――だのに、逃げられない。逃げても逃げてもまとわりつく。俺は逃げたんだ、あの子から！　・・・それが人生だ。リタ、そうやって俺たちはこれまで生きてきた。これからも、そうやって生きていくんだ。

リタ　いいじゃない、そうやって生きていけば。ねえ、そうやって二人して、出来るだけ長生きしよう。

アルメルス　生きていく。生きるべき意味も、価値もどこにも見つからない。だのに生きていく。どこを見渡しても、見えるのは、不毛と空虚ばかり。

リタ　でも逃げ出すのよね、遅かれ早かれ。そうなんでしょう。わかるんだ、あなたを見ると。そのうちいなくなるんだろうなって。

アルメルス　旅の道連れと？

リタ　嫌だ。でも、その方が諦めがつくわね。もっと悪い。あなたは自分から、いなくなる。ここにいると、生きる意味が見つからない、わたしと一緒だとどんどん駄目になるなんて言って。そうなんでしょう。

アルメルス　そうかも。

（下の方で、突然、怒号が起こる）

リタ　どうしたのかしら？　（叫ぶ）あの子が見つかったんだ！

アルメルス　見つからない。

リタ　じゃ、何？

アルメルス　ただの喧嘩だ――いつものやつ。

リタ　下の浜辺で。

アルメルス　あいつら、全部、あそこから追い払ってやる。男どもが帰って来た。いつもの調子で、へべれけだ。子供たちを殴りつける。泣き喚く声。女たちが助けを求めて、叫んでる。

リタ　誰か下へやって、やめさせなきゃ。

アルメルス　やめさせる。放っておけばいい。エイヨルフも放っておかれた。

リタ　そんな風に言うもんじゃないわ。
アルメルス　そんな風にしか、言えないね。あんなあばらや、全部とっぱらえばいいんだ。
リタ　行くところがないのよ。
アルメルス　知ったこっちゃない。
リタ　子供だっている。
アルメルス　どうせロクなものにはならない。
リタ　わざとそんなひどいことを言ってるんでしょう。
アルメルス　俺にはひどくなる権利がある。それは義務でもある。
リタ　義務？
アルメルス　エイヨルフに対する義務だ。あの子のための復讐が必要なんだ。いいか、リタ、俺の言う通りにしろ。すっかり取り壊せ。俺が行ってしまったら。
リタ　（まじまじと見る）行っちゃうの。
アルメルス　うん。そうすれば、お前にだって、やるべきことができるだろ。

リタ　（きっぱりと）・・・やるべきことね。よし、決めた！

アルメルス　何だ？

リタ　あなたが行ったら、すぐに下へ降りて行って、あの子供たちをここに連れてくる。

アルメルス　え！　何、それ？　いつ決めたんだ。

リタ　たった今。

アルメルス　突然、急に。

リタ　そう、たった今急に思いついたの。

アルメルス　で、連れて来て、どうするわけ？

リタ　世話をするの。

アルメルス　世話。お前が、あの不潔なガキ共を。

リタ　ええ、そうよ。あなたが行ってしまったその日から、あの子たちはここで暮らすの――わたしの子供として。

アルメルス　俺たちのちっちゃなエイヨルフの代わりにか。

リタ　そう、わたしたちのちっちゃなエイヨルフの代わりに。あの子たちはエイヨルフの部屋で寝て、エイヨルフの本を読み、エイヨルフのおもちゃで遊び、食事のときは、代わりばんこにエイヨルフの椅子に座るの。

アルメルス　馬鹿馬鹿しい。あまりにも馬鹿馬鹿しい。笑ってしまう。断言するが、お前くらい、そんなことに不向きな人間はいない。

リタ　じゃ、そうなるように努力するわ。精一杯ね。

アルメルス　本気で言ってのか。

リタ　かなり本気。

アルメルス　だったら、考えられない変化が、お前の中で起こったんだ。

リタ　そうなの、アルフレッド。あなたのお陰で出来た空洞を、わたしは何とかして埋めようとしているの。愛情に似た何かでね。

アルメルス　（しばらく考え込んで）ふうん、そう。ふうん。

リタ　どうしたの、あなた？

アルメルス　考えてる。

リタ　何を？

アルメルス　俺たちは、何かしただろうか、下の貧しい連中のために？　どう思う?

リタ　何にもしてこなかった。

アルメルス　考えたこともない。

リタ　親身になってね。

アルメルス　黄金の山と緑の森に囲まれていたのに。

リタ　手を差し伸べることも、心を開くこともなかった。

アルメルス　だから、あいつら命がけでちっちゃなエイヨルフを助けようとしなかった。

リタ　命がけ――じゃ、わたしたちがそう出来たって言い切れる。

アルメルス　そりゃ、言い切れるさ。

リタ　わたしたちが特別だなんてどうして言えるの。ただのありふれた人間じゃない。

アルメルス　・・・お前、あの汚らしいガキどもたちをどうするつもりだ?

リタ　出来る限りのことを。まずきれいにして、たっぷり食べさせる。

アルメルス　奇跡以上のことが起きるわけだ。だとすれば、エイヨルフが生まれたのも、意味があったわけだ。
リタ　そして取り上げられたことも。
アルメルス　でもこれだけははっきりさせておかないと。これは愛じゃない。
リタ　わかってる。でも、かすかにそちらに向かってる。
アルメルス　どちらに？
リタ　（避けて）あなたアスタとよく、人間の責任について話していたわよね。
アルメルス　お前が憎んでいた本・・・！
リタ　あの本ならまだ憎い。でもね、あなたが話している時、実はわたしも聞いていたの。それでね、わたし今、やってみようと思うの。自分なりのやり方で。
アルメルス　俺へのあてつけか。
リタ　そうじゃないわよ。
アルメルス　じゃ、何だ？
リタ　（低く、重く微笑んで）大きな見開いた目をなだめなくちゃいけないの。
アルメルス　ふうん。あ、そう。そういうことね。そういうことなら、一緒にやらせてもらうかな。どうだろう、リタ？

リタ　その気があって言ってる？　本気？

アルメルス　かなり本気。

リタ　じゃ、そうすれば。

アルメルス　でも、やることあるかな。

リタ　あるんじゃない。でもそうしたら、あなた、ここにいることになっちゃうわよ。

アルメルス　いさせてくれる？

リタ　いてくれる。

アルメルス　うん。

リタ　（ほどんど聞き取れない）じゃ、やってみるかね、アルフレッド君。

（二人は黙る。

アルメルスは旗を上まであげる）

アルメルス　たえまなしに働く。
リタ　でも、時には静かな休息の日も。
アルメルス　そして精霊たちがやって来る。
リタ　精霊？
アルメルス　そう――離れていったやつらが、戻って来る。
リタ　わたしたちのちっちゃなエイヨルフ。あなたの大きなエイヨルフ。
アルメルス　多分、時にはね――長い人生の谷間で――ちらっと見かけるかも知れない。
リタ　どっちを向くの、アルフレッド？
アルメルス　上かな。
リタ　上ね。
アルメルス　上の方。山の頂。星に向って。大いなる静けさの彼方。
リタ　ありがとう。

終わり。

●上演台本作成に関しては、左記の方々の翻訳を参照させていただきました。
坪内士行氏　山室静氏　兆木生氏　楠山正雄氏　原八千海氏　毛利三彌氏

ちょっと多い、ひとこと

問題は演技である。

演技とは俳優の心に起こったことである。

その俳優の心に起こったことを観客は見に来るのだ。

俳優の心に何も起こらなければ、舞台は空っぽである。

俳優の心が沸点に達すれば、観客も共に沸点に達するのだ。

イプセンが書いているのは、その仕組みである。

鼠ばあさんとちっちゃなエイヨルフは、人間の心の奥底のものをあぶりだす、それをさらけださせるための仕掛けである。

その仕掛けが、俳優の潜在意識に火をつける。

俳優は自分自身の心の奥底を覗きこみ、登場人物が抱えている様々を、自らを通して、透かし見る。

そして、そこから生まれてくる心の動きが、登場人物を動かしていく。

俳優が生な感情で、その言葉を体験し、その人間を、その世界を体験する、それが、イプセンのドラマの仕組みなのだ。

作った感情ではダメなのだ。

イプセンは本物の感情を俳優に要求しているのだ。

まさにその瞬間生まれた感情が、その一瞬を作り出さないとダメなのだ。


イプセンが書いているのは人間である。

人間の心の中に起こることを書いているのだ。

それをイプセンは、自分の心の中を覗き込んで、書いているのだ。

心の中に、あるものは、嘘や見栄、独りよがりにうぬぼれ、高慢に卑屈、嫉妬や不安、憎しみ、愛・・・そういうものが渦巻いている。

それを驚くべき率直さで、書きだしているのだ。

だとすれば、俳優も自らの愚かさや間違いを、率直に告白してほしい。

それがここで求められる演技なのだ。

心に渦巻いているものを解き放ち、疾走してほしいのだ。

演じられたものが欲しいわけではない。

演じる人間をそっくり欲しいのだ。

演技ではなく、その人生を。

その心の体験の果てに見える光景、それが、この「ちっちゃなエイヨルフ」である。


この作品の感想を述べれば、イプセンは楽しそうだということだ。

これまで、この作品は極めて深刻な夫婦の危機、人間の底知れぬ欺瞞を、非常な冷徹さで描き出しているとされていた。

暗く淀んだ、人間の欲望を神秘的な色合いで描き出している。

学者、評論家は、そういうふうに受け取りたかった。

そういうふうに解釈し、分析してみたかった。

彼らは、何とか、その作品の意味や価値を見つけ出そうとする。

それが彼らに仕事である。

その濁った眼では、何も見えてこない。

常にイプセンはこう言い続けてきた。

「彼らは作品を誤解する見事な才能に恵まれている」

演劇にはどんな意味も価値もない。

少なくとも何かのためにあるのではない。

命を見、命を体験する場所である。

命は矛盾し、沢山の間違いと罪を抱えている。

それを批判することが演劇の役割ではない。

むしろ演劇という場所では、それを積極的に受け入れ、愛する。

チェーホフはイプセンを、「あまりにも冷たく理性的」と断じている。

チェーホフの真意はわからないが、それに基づくと、人間の嫌な部分をこれほど冷徹に残酷に描きだす作家はほかにいないということになる。

確かに、アルメルスとリタは打算と欲望でむすびついた、嘘つきで自分勝手なひどい夫婦である。

しかし、イプセンは、どうもこの二人が好きなのではないか。

そう思われて仕方がない。

この頃、イプセン夫婦は危機的な状況だった。

かなり深刻だったらしい。

だとすれば、ここまで率直に、お互いのことは暴露して、この二人のお馬鹿な夫婦のように和解したかったのではないだろうか。

間違いを犯しながら、嘘をつきあいながら、罪を重ねながら元気に生きていく。

それがイプセンの願望ではなかったのだろうか。


イプセンの「ちっちゃなエイヨルフ」は、「建築師ソルネス」の後に書かれ、その後、「ジョン・ガブリエル・ボルクマン」「私たち死んだものが目覚めたら」があるだけだから、最晩年の作品と言えるだろう。

しかし、この作品に関して、受け止める側に、困惑と混乱があるように見受けられる。

一体、この作品の意図するところは何なのか？

第一、これは悲劇なのか、喜劇なのか。

それに関しての記述を調べても、誰も明瞭に答えていない。

上演に関しての評判もどうやら、それほど芳しくはない。評価は二分されたと記されている。これまでに圧倒的は成功を勝ち得たとはどこにも記されていない。


イプセン晩年に書かれた神秘的でミステリアスな作品。

欺瞞的な夫婦生活の破綻と、その唐突とも思える復活。

全編に性的な色合いが濃く滲みこんでいる。

ハーメルンの笛吹き男を模した、鼠ばあさんは死を暗喩した人物。

重層的に全人生的なテーマを持った複雑な戯曲。

死と復活についての奇妙な風景。

などなどなど・・・。正直、それらを総括すると、この作品よくわからんということになるように思える。

と言って誰も駄作とは言い切っていない。

ほんとはそう言いたかったが、その勇気もなかった。

自分自身の内面と向き合わずに、この作品は何も見えてこない。

だから、重層的に全人生的なテーマを持った複雑な戯曲・・・というところに落ち着くのだ。


今回の上演企画は一つの解釈ではない。

イプセンはこういうふうに書いていて、そっくりそれをそのまま舞台に乗せたい、ただそれだけである。

あるいは、こういうふうに言いたい。

イプセンはお馬鹿な人間が好きである。

あるいは、イプセンは自らのおバカさを愛し、慈しんでいる。

ただわかるのは、イプセンは、ここでのおバカな会話を楽しんでいるのだ。

自らの愚かさをやり玉にあげ、痛烈に批判し、なおかつ、それを演劇的な見世物として観客に提示することによって、自らを浄化しているのだ。

イプセンは常に言っている。どんな意図もない。ただ、芝居のための台本であるという以外は。

では正直にイプセンの言葉をその通りに受け取って、その通りに上演しよう。

ただそれだけである。

生きるということは、間違いと罪を犯し続けることである。

その果てしない闘いの果てに、永遠の眠りが待っている。

そこにたどり着くまでの地獄めぐり、それが人生なのだ。

だとすれば、勇猛果敢に坂道を登り、泥道を行かねばならぬ。

この作品を人間の欺瞞に関しての、呵責なき批判と捉えることもできる。

どうもそのとらえ方がこれまでの主流のようだ。

しかし、愚かさの権化というべきアガメムノンやリアを、メディアやフェードルを批判しても、なんの意味もない。

彼らは演劇的な人物なのだ。

そして巨大な矛盾と間違いを飲み込んでいるからこそ、ヒーローであり、ヒロインであり続けるのだ。

そこに比べるとアルメルスもリタもいかにもスケールが小さいが、その系譜であることは間違いない。

イプセンは終生、そこに肩を並べたかったのだから。

演劇とは心の風景が醸し出す世界の旅である。
芝居が始まって終わる。
たどり着いた場所は世界の果てである。
その旅のプロセスの中で、イメージが燃やしつくされる。
見事なる浄化。
イプセンは心の浄化槽である。
何て不思議な、そして素敵な旅だったのだろうか。
そんな旅を、この舞台で作り出せないだろうか？

そして、もうひとこと

この芝居をボクシングの試合に例えれば、わかりやすいかも知れない。
観客は何を求めて、ボクシングを見に行くのか。
スリリングでエキサイティングな体験を。
では、それはどうやって作りだされるのか。
リングには二人の男。
二人は拳で殴りあい、お互いを倒そうとする。
観客はその勝ち負けが見たいのだろうか。
実は勝ち負けなど、どうでもいい。
勝ち負けを通して、人間に起こることをみたいのだ。
勝ち続けた二人の闘い。
巨体な誇りと誇りがぶつかり合い、一方の誇りがこなごなに砕かれる。
観客はそれを固唾の呑んで見守るのだ。

それまで生きてきた人生そのものが、その場に引き出され、否応なく、生な感情がむき出しになっていく。

掛け金が大きいほど、観客は興奮する。

戦争ほどエキサイティングなゲームはない。

負けると男は皆殺しにされ、女はすべて奴隷にされる。

観客は常にそのゲームに自らを投影する。

その一瞬に栄光と挫折が決定され、交錯する。

観客はリングの上のボクサーを通して、人生の縮図を体験するのだ。

ツーアウト、満塁、得点は1点差。さて、イチローはそこで期待に応えるのか、あるいは松坂はそれを抑えるのか。

その瞬間を見るために、観客は球場に足を運ぶ。

そこに必要なのは役者である。

朝青龍であり、イチロー、松坂、松井なのだ。

つまり、役者とは、観客の想像力をかきたて、夢と願望を、あるいは失望と挫折を確実にかなえる存在なのだ。

イプセンのドラマとは、つまりはそのように企まれた、芝居なのだ。
常にイプセンは、このように語っている。
「自分は常に観客の視点で作品を書いている」
いったい、どういうことだろう?
実は、ずっとよくわからなかった。
最近、やっとそのことがおぼろげにわかってきた。
特に、この「ちっちゃなエイヨルフ」という作品を通して。
いったい、イプセンのこの作品を通しての企みは何なんだろうか。
ボクシングの試合が始まる。
最初は足を使い、ジャブで牽制する。
そこで、イプセンはエイヨルフの死という事件を仕掛ける。
レフリーがお互いのファイトを促したのだ。
尻に火がついて、否応なく、リスクを犯したパンチが繰り出されていく。
イプセンは巧妙に虚飾をはぎとっていく。
イプセンが巧妙なのは、役の人物を追い詰めるのだけではないということだ。

いつの間にか、俳優は役というバトンを持って、自分自身が駆け出しているということだ。

蓑に火をつけると人は叫び、踊る、そんな刑罰がかつてあったらしい。

その時あげる阿鼻叫喚の声を、三島由紀夫は人間の真実に満ちた最も美しい白鳥の歌であると語っている。

だとすればその燃え盛る蓑が役であり、阿鼻叫喚は俳優である。

観客は偽りのない、生な真実の人間の音を聞きたいのだ。

イプセンは執拗に暴きたて追い詰めていく。

つまり、イプセンは俳優の演技を求めているのではない。

俳優自身の思考、感情、人生そのものを求めているのだ。

リタの自分勝手なわがままは、リタの理不尽さは、演じることは出来ない。

それは、それを演じる俳優自身が自らをさらすことでしか、成立しない。

アルメルスの欺瞞や愚かさ、いい加減さも同様である。

それを体験して、アスタは、「ああ、やってられない、勝手にしなさいよ」と出て行ってしまう。

その言葉は、観客全員の心に起こることでなくてはいけないのだ。

観客が見たいこと、それは生の人間である。

その瞬間、起こる生な感情が、次の瞬間を作り出し、また次の瞬間を作り出す。

パンチが一発入ると、たちまち負け犬になって、闘志を失う、そんな試合に観客は興味はない。

一つのパンチが、次の強いパンチを引き出し、またより強烈なものを引き出していく。

そこにいるのは、まさに生の人間の、生の感情なのだ。

観客はいつの間にか、俳優と共に、自分自身の本心の坩堝の中にいるのだ。

観客が見たいドラマとは、つまりはそういうものなのだ。

この「ちっちゃなエイヨルフ」というイプセンの芝居を、そのように上演できないだろうか。

俳優が、ここに書かれている言葉を、自分の心で起こったこととして、体験する。

まさにその瞬間、生まれた感情で、時間が刻まれ、場面が築かれていく。
そして気がつくと、果てしなく遠くの彼方に、劇場の誰もが立っている。
それがいわば、カタルシスである。
劇場全体がイメージを使い果たし、最後には果てる。
そんな芝居として。

笹部博司の演劇コレクション
イプセン編02
ちっちゃなエイヨルフ

2008年10月25日　初版発行

著者　笹部博司

発行者　笹部博司

編集　オフィスサラ

発行所　メジャーリーグ
東京都豊島区南大塚3-6-5 第2市川ビル3F（〒170-0005）
TEL 03-5949-4690
http://www.majorleague.co.jp

発売所　星雲社
東京都文京区大塚3-21-10（〒112-0012）
TEL 03-3947-1021　FAX 03-3947-1617

印刷・製本　ツーネット

ISBN978-4-434-12288-0